1
Author 道造
Illustrator めろん22
ポリドロ領 封建領主
ファウスト
貞操逆転世界の童貞辺境領主騎士
Virgin Knight
who is the Frontier Lord in the Gender Switched World

アンハルト王国 第二王女
ヴァリエール
「ファウスト?」

アンハルト王国 女王
リーゼンロッテ
「どうやらポリドロ卿には不満があるようだが？遠慮なく申せ。発言を許す」
アンハルト王国 第一王女
アナスタシア

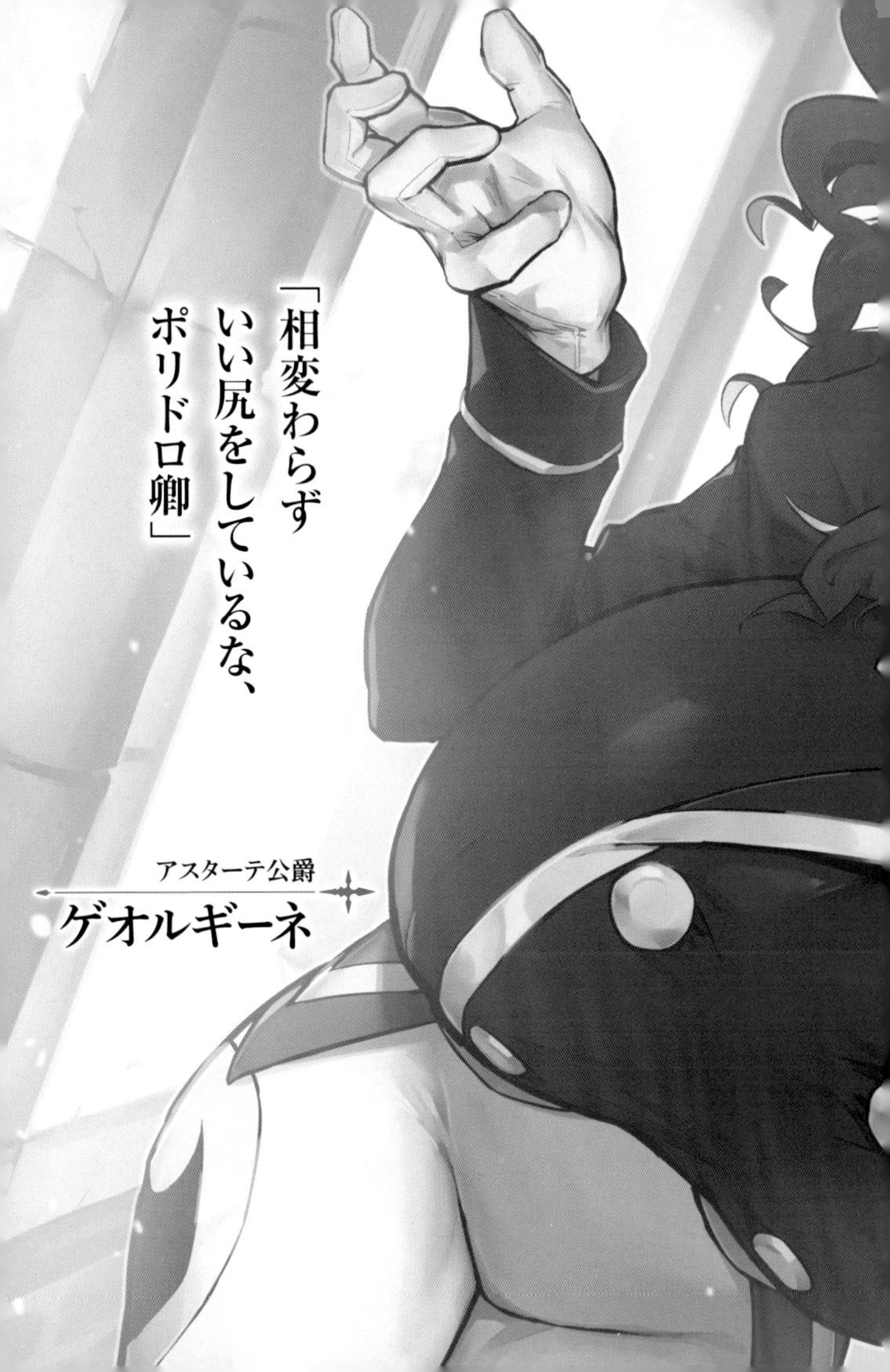
「相変わらず
いい尻をしているな、
ポリドロ卿」
アスターテ公爵
ゲオルギーネ

「でもね、私にもたった一つだけ
譲れないものがあったのよ」

「それは……何かな」

Virgin Knight who is the Frontier Lord in the Gender Switched World

貞操逆転世界の童貞辺境領主騎士

1

Virgin Knight who is the Frontier Lord in the Gender Switched World

Author
道造
Illustrator
めろん22

イラスト／めろん22

第0話　アンハルト王国よりの感状

先の戦では本当に見事だった。まずはそれを褒《ほ》めておこう。

この手紙は今から渡す物の前説のようなものだから、最後までしかと読みたまえ。

さて――貴卿《ききょう》も『ヴィレンドルフ戦役』なる名が世間で流れているのは耳にしていよう。

この私と、従姉妹《いとこ》たるアスターテ公爵が防衛のために。

そして、たまたま近くの砦《とりで》に滞在していただけの貴卿が軍役として参陣した戦である事は、簡単に察しがつくだろう。

蛮族ヴィレンドルフと、我々アンハルト王国の国境線上において。

あの蛮族側が仕掛けてきた先の戦について、世の吟遊詩人などが語るに任せれば、そう名付けられたそうだ。

あれは本当に酷《ひど》い戦であった。

騎士や雑兵の区別なく、死神が首に鎌を掲げていたようなものだ。

私は確かに王族としての教育を受けていても、どうにも初陣《ういじん》であったゆえに戦場の勝手が判《わか》らずに迷惑をかけてしまったな。

アスターテ公爵家の常備軍を動員できたから兵数500は用意できたものの、それとて足りなかった。

やはり戦の条件が悪すぎる。

今考えても、そもそも寡兵500弱で蛮族1000以上に勝つのは無理があったろうに。これが城砦《じょうさい》における籠城戦ならともかく、もう野戦で初陣ではどうにもならぬ。

振り返ってみれば酷いものだ。

国境線を蛮族有利に引き直してでも戦自体を避けるべきだと私は思ったし、我が母であるリーゼンロッテ女王陛下とて、その意見の正しさを認めたさ。

問題は、あの蛮族側の総司令官にして、ヴィレンドルフにおいて史上最強の英傑と崇《あが》められるレッケンベル卿が何一つ交渉の気配を見せなかった事だ。

国境線の折り合いをつけるどころか、相手が出す条件を呑《の》むための話し合いすらできぬとあっては仕方ない。

知っての通り、一度舐《な》められたら全ての面子《メンツ》を失うのが貴族だ。

こちらが譲ったら相手も譲ってくれるなどと、世間を知らぬ阿呆《あほう》が思い描くような譲り合いなど、此《こ》の世のどこにも存在せぬ。

譲った分だけ奪われるのが、この世界だ。

もはや勝つか負けるかは度外視であり、こちらに殴りこんできたレッケンベル卿の面《つら》を一度殴り返さねば、話をする事すら成り立たぬのだ。

貴卿も承知ゆえに本音を明かすが、あの時点では少なからず我が軍の負けを覚悟していたし、ともかくもアンハルト王家の面子さえ立てさえすればよかったのだ。

すぐにでも戦を手仕舞《てじま》いするつもりであった。

――とはいうものの、後は知っての通りだ。

ヴィレンドルフ戦役においてアンハルト王国は勝利した。

貴卿のおかげだ。

何度褒めても謙遜《けんそん》するが、もう貴卿がいなければ話すら成り立たぬ。

何せ、あのレッケンベル卿の首を斬り落としたのは貴卿なのだから。

私は戦場を離れた本陣にて指揮を――もう主君としては本当に恥ずかしい話ではあるが。

レッケンベル卿による浸透戦術を許してしまい、本陣が襲われている最中であったのだから、貴卿の輝かしい活躍を目にする事はできなかったが。

アスターテ公爵から、耳に腫物ができそうなくらいに聞いてはいるのだ。

敵を打ち払いた後の本陣に鳴り響いた、あの第一声もよく覚えているのだ。

『ファウスト・フォン・ポリドロ卿が一騎駆けにて、ヴィレンドルフ本陣に突入。レッケンベル卿に一騎打ちを挑みて、数百合《ごう》の剣戟《けんげき》の末に辛くも勝利』

と。

その後の判断も良かった。

貴卿はレッケンベル卿の名誉を穢《けが》そうとは試みず、打ち刎《は》ねた首を大事に拾いては蛮族どもにそのまま返したというではないか。

それでよかったのだ。

首を奪って名誉を穢し、そのままに我が軍に帰ろうとでもしたならば、ヴィレンドルフの蛮族どもはそれこそ死に物狂いで――自分たちの命どころか、騎士としての精神《ガイスト》すらも度外視にした事であろう。

どこまでも怒り狂いて、貴卿の肉一片すら此の世に残すまいと動いたに違いないのだ。

あの力自慢の蛮族どもが一斉にかかってくれば、さすがに勝ち目は薄かった。

ヴィレンドルフの蛮族どもにとって、貴卿が破ったレッケンベル卿とはそれだけの偉大なる英傑であったのだ。

レッケンベル卿を打ち破った件に関しては毀誉褒貶《きよほうへん》含め、今後とも尾を引く事になるだろう。

実際に対峙《たいじ》した貴卿であるならば忠告するまでもない事だったかもしれないが。

ともあれ、よく覚えておくとよい。

私は貴卿による誇り高い行為の全てが、計算高さなどではなく純粋なるファウスト・フォン・ポリドロという人物の本性から産まれたものであるとは知っているが、誰もが単純にそう受け止めるとは限らぬのだから。

さて、そろそろ本題に入ろうか。

私の手紙は純粋なる好意から発する、戦友に対する忠告であるのは間違いない。

だが最初に書いた通り、手紙と一緒に送った母からの感状についての前説明でもある。

レッケンベル卿を打ち破りて、我がアンハルト王国を見事勝利に導いた結果に対し、貴卿が望んだものは僅《わず》かな功労金であった。

私から見ればもっと多く払ってやりたかったが、何せ戦場で軍資金を割《さ》いての支払いであったため額が少なかったのだ。

このアナスタシアが戦功者への払いを渋った吝嗇《りんしょく》などと思われたくないゆえに、女王陛下たる母に追加の褒美《ほうび》を与えるよう先日要求した。

負け戦を覆した功績に対し、金での褒美では足らぬと。

その不足分を埋めるのが、今回アンハルト王家から送る感状とする。

貴卿のヴィレンドルフ戦役における功績を記しただけの書状などではなく、これはアンハルト王家から、主従契約を結ぶポリドロ卿への借りと受け止めてもらって構わぬ。

もし貴卿やその子孫が王家との関係において苦境に陥った際には、この感状を持ち出してもらいたい。

王家は貴卿が為《な》したアンハルトへの功績に対し、一度限りならば主君の頭を踏みつけるような無礼ですら許すだろう。

追而書《おってがき》
貴卿は我が戦友であるが、私の血縁上の妹であるヴァリエールの相談役でもある。

今年の軍役は、あの娘の初陣補佐を務める事になるだろう。

ヴィレンドルフ戦役と比べれば大した事はなかろうが、騎士として過分なく努めよ。

ファウスト・フォン・ポリドロ卿へ

ヴィレンドルフ戦役を貴卿と共にした戦友として

アンハルト王国第一王位継承者

アナスタシア・フォン・アンハルトより

第1話　プロローグ

チンコ痛いねん。

中世——ではない。

中世を模した、何か。

奇跡も魔法もあるんだよ。

現に奇跡というか、私、地球からこの異世界に転生してるし。

そんな世界に転生した私ことファウスト・フォン・ポリドロは考えていた。

今の思考はこうであった。

——チンコ痛いねん。

いっぱいいっぱいであった。

私は金属製の貞操帯を身に着けていた。

決して誰かに強《し》いられてではない。

自分の意思で着けたのだ。

そうでなければ——やってられない。

やっていけないのだ。

「ファウスト？」

隣席に座るヴァリエールが訝《いぶか》し気《げ》な声を挙げる。

彼女の身長は１４０㎝にも満たないが、齢《よわい》は14歳、貴族としての騎士教育は受けているという来歴だ。

だが、その肌身には筋肉よりもムニムニとした少女らしい肉がついており、指揮官はともかく兵士としてはあまり使えないだろうというのが、この戦争経験者の騎士としての見立てである。

柔らかなウェーブ、癖毛である赤毛を背中まで伸ばしており、どうにも幼さを隠しきれないでいた。

要するに、保護下に置くべき子供のようにしか、私には扱えないのだ。

今はこの国の第二王女として恥ずかしくない程度の、シルクのドレスで身を包んだ様相であった。

まあ、やはりお子様が精いっぱいに大人びたお洒落《しゃれ》をしてみました程度にしか見えないのだが。

コイツはまあいい。

第二王女ヴァリエールはまあいい。

「どうやら相談役であるポリドロ卿には不満があるようだが？　遠慮なく申せ。発言を許す」

この国の女王リーゼンロッテ様。

身長170㎝に届くかといったところで、王族の証明である赤毛の髪を腰まで伸ばしている。

髪の長さこそ近いけれども、この女性がヴァリエールの母であるかという点では、あまり似ていない。

女王としての威厳があり、冷徹にして、それすらも美貌の要素といえる鉄面皮《てつめんぴ》を維持している。

それすらかえって、酷《ひど》く股間に悪かった。

その鉄面皮の彼女が、どうしてシルクのうっすいヴェール1枚で裸体なのだ。

まだ歳《とし》も確か32だろう。

いくら女性が肉体美を晒《さら》す事がこの世界で恥にならぬとはいえ、健康な男子たる22歳の男性には目に毒であった。

そりゃチンコも勃起しようとするわ。

金属製の貞操帯も乗り越えて。

結論。

チンコ痛いねん。

この世界は狂っている。

改めて私――事、ファウスト・フォン・ポリドロは考えていた。

貞操価値観逆転世界。

男が10人に1人しか産まれない。

そんな世界。

それゆえ、女性が表舞台に立ち、男性が日陰に追いやられる。

いや、強固に守られる。

よく売春宿に売り払うための性奴隷として、戦場で捕らえられたりもするが。

そんな世界。

嗚呼《ああ》、そんなどうしようもない世界だ。この異世界は。

私は女王陛下に対し、問答を行う。

「ヴァリエール第二王女の初陣であるというのに、親衛隊と私の手札のみだけというのは？」

「先にも申したでしょう。山賊相手にそれほど武力は必要ない」

私はこの世界で異常者である。

女性の裸体モドキ相手に勃起する異常者である。

どうせ転生するなら常識もこの世界に合わせて欲しかったものだが。

神はそれを私に与えて下さらなかったようだ。

出会ってもいない神に愚痴っても仕方ないが。

「第一王女殿下、アナスタシア様はかの敵国――ヴィレンドルフ相手に、初陣にて侵攻してきた蛮族1000人を相手どり、彼等《ら》を血の海に沈め、逆侵攻を行ったというのに」

チンコ痛いねん。

凄《すご》いチンコ痛いねん。

ほぼ裸体の女王様から視線を逸《そ》らし、第一王女殿下アナスタシアに眼《め》を向ける。

リーゼンロッテ女王陛下の娘にして、ヴァリエール第二王女の姉。

アナスタシアはじっと私の目を見つめ返してきた。

……第一王女は怖い。

一見して、どうにも三白眼《さんぱくがん》というか、虹彩《こうさい》の部分が人よりも小さく、白目の部分が多いのだ。

瞳孔も爬虫《はちゅうるい》類じみた印象を与えており、縦長なのではないかと時々錯覚させる。

要するにだ、他者に邪悪たる印象を与えるのだ。

私に言わせれば、陰で隠れて人肉を食していそうなどという印象すら感じさせる。

もちろん、そのような事実はないし、接すればきわめて公平で、時折、人としての豊かな情すら感じるのだが。

残念ながら、その性格は容姿に反映されず、誰の目にも「私、人肉食べてる！」と発言したならば、それが事実であると容易に受け入れられる風貌をしていた。

このまま視線を合わせていると、解体されて食われてしまうのだという恐怖を感じるのは、如何《いかん》せん仕方ないのだ。

仕方なくも、ほぼ裸体の女王へと視線を戻す。

女王は身体《からだ》を僅かに揺するとともに、その巨乳を揺らした。

エロイ。

「第二王女殿下、ヴァリエール様の初陣は山賊退治で御座いますか。あまりにも、私が相談役を務めているヴァリエール様に対して区別が過ぎませんか。アナスタシア様と比較してのこれは、人に嘲笑《あざわら》われる原因となります」

顔に朱色が差す。

もはや冷静ではいられない。

チンコ痛いねん。

ほぼ裸同然の女王を言い負かす事、それが唯一この場を乗り越えられる手だ。

感情で痛みを誤魔化《ごまか》すのだ。

「……状況が違い過ぎる。山賊を打ち負かすのも重要な務めだ」

「敵国、ヴィレンドルフに攻め込むというのは？」

「冗談をぬかすな。ファウスト・フォン・ポリドロ。あの蛮族どもを相手にまた大戦を巻き起こすつもりか」

テーブルを強く殴打する。

その音は大きく響き渡り、全員が黙る。

女王陛下、リーゼンロッテも。

第一王女殿下、アナスタシアも。

そして私が相談役を務める、第二王女ヴァリエールもだ。

「私の力不足とでも？」

顔の朱色がいよいよ強くなっていく。

血の気が、顔に集まっていく。

これはチンコが痛いわけではない。

怒りの余りに顔が充血しているのだ。

そう言い訳するために。

「そうではないぞ。ポリドロ卿《きょう》」

その効果は成し得たようだ。

私を落ち着かせるように、リーゼンロッテ女王は声を静かに、王宮の一室に響かせる。

「貴殿の力を侮《あなど》っているわけではない。『憤怒の騎士』ファウストよ。貴殿がヴィレンドルフに攻め入れられた緊急時の際、我がアナスタシアの下《もと》に付き、獲《と》った蛮族騎士の首は10を超え、騎士団長との一騎打ちの末に――その首を狩り取った。貴殿の力を決して侮っているわけではない」

チンコ痛いねん。

思わず絶叫を発したいほどに。

思わず立ち上がりたいほどに。

だが空気は読む。

もう限界点に達しつつあるが。

チンコが痛いんや。

「だから、落ち着け」

犯すぞお前。

お前のせいでチンコ痛いんやぞ。

なんでヴェール一つで裸体やねん。痴女か。

そう叫びたくなるが。

「……了解しました」

私は女王から目を逸らす。

チンコの痛みを和らげるために。

そうして――退室を申し出る事にしよう。

「失礼。私の言いたい事は終わりました。これ以上は無用でしょう。退室してもよろしいでしょうか」

女王様に許可を申し出る。

「許す。退室せよ」

「有難うございます」

私のチンコは守られた。

これ以上勃起し続けていたら壊死《えし》していたのではないかという私のチンコは守られた。

——それでよい。

私は王宮の間を立ち去った。

※

私は間違えた。

このリーゼンロッテは確かに間違えたのだ。

「第二王女殿下、ヴァリエール様の初陣は山賊退治で御座いますか」

ファウスト・フォン・ポリドロは勿体《もったい》なかった。

第二王女——アンハルトという国家においては、次女というスペアに過ぎないヴァリエールに付けるには。

ファウスト・フォン・ポリドロという騎士は、あまりにも勿体なかった。

「……状況が違い過ぎる。山賊を打ち負かすのも重要な務めだ」

私は言い訳を吐く。

いや、山賊討伐の軍を起こすのは間違いではない。

間違いではないが——

「敵国、ヴィレンドルフに攻め込むというのは？」

「冗談をぬかすな。ファウスト・フォン・ポリドロ。あの蛮族ども相手にまた大戦を巻き起こすつもりか」

『憤怒の騎士』ファウストには侮辱以外の何物でもないだろう。

すでに敵国——蛮族たるヴィレンドルフ相手に獲った蛮族騎士の首は10を超え、騎士団長を一騎打ちの末に。

英傑譚《たん》になるほどの闘争の結果に、その首を狩り取った。

そのファウスト相手に山賊相手の小競り合いを要請するのは、侮辱以外の何物でもなかった。

彼が相談役を務める、第二王女ヴァリエールの初陣には、山賊風情が相応の相手である。

第二王女ヴァリエールは私にとって、第一王女アナスタシアのスペアでしかない。

つまり、どうでもいい。

そう彼は受け取ったのであろう。

不味《まず》い。

これは不味い。

ファウストの力量とその相談役としての立場、第二王女ヴァリエールへの卑下。

彼が顔色を朱に染め、怒りに身を染めるのも判《わか》る。

それが演技かどうかまでは判断がつかないが。

そう、私には判断がつかないのだ。

感情のままに荒れ狂う男性騎士。

戦場でもそうであるがゆえ、『憤怒の騎士』と吟遊詩人に謳《うた》われる男。

辺境であるポリドロ領の女領主騎士がもうけた一粒種。

ファウスト・フォン・ポリドロはもはや王家にとっては厄介種の一つであった。

優秀ではある。

現に実績も、先に言ったようにこなしているのだ。

誰が彼の実績に対して、それを軽んじる事ができようか。

だからこそ厄介であった。

アナスタシアの下に付けるべきであった。

既《すで》に、アナスタシアの力量は蛮族ヴィレンドルフ相手に示され、アナスタシアが私の跡を継ぐ事は確定である。

今更、第二王女たるヴァリエールの派閥が力を強めてもらうのは、国力の無駄遣いだ。

我が国唯一の男性領主騎士……大人しく嫁でも探していれば良いものを。

彼は、ポリドロ卿は既に第二王女の相談役として付けてしまった。

我が娘、ヴァリエールの望むがままに。

それが失敗であった。

ファウストは――アナスタシアの指揮下に置くべきであったのだ。

そう後悔する。

「私の力不足とでも？」

力不足ではない。

貴殿の力量は欠片《かけら》も疑っていない、ファウスト。

だから困る。

何度もいうが、貴殿はアナスタシアの指揮下に置くべきであった。

何よりも、アナスタシアがそれを望んでいる。

そう、今も渾身《こんしん》の力で睨《にら》みつけている。

アナスタシアが、私の瞳を一直線に、あの人肉を食べていそうな瞳で睨みつけているのだ。

もっとも、顔全体を朱色に染め、憤怒の瞳で私を睨みつけている貴殿は気づかないだろうがな。

ファウストよ。

私は貴殿が厭《いと》わしい。

ヴィレンドルフ相手の戦いで死んでくれればよかったものを。

いや。

半心では、勿体ないという気持ちもあるがな。

その貴殿の美丈夫さ故に。

今は亡くなった——我が夫の代わりとしたい。

その気持ちもある。

そうすれば、我が娘アナスタシアに我が首を刎《は》ね飛ばされると判っているがな。

嗚呼《ああ》。

何ともしがたい。

男の趣味は母娘で似通うものか。

それともアナスタシアは、ファウストに父性を求めているかもしれん。

ああ、ファウストよ。

「失礼。私の言いたい事は終わりました。これ以上は無用でしょう。退室してもよろしいでしょうか」

お前からの助けの言葉。

それを、頂戴しよう。

「許す。退室せよ」

私は心のままにそれを命じた。

そうしなければ、心が狂ってしまう。

ファウストは私を魅了する。

あまりにも今は亡き我が夫に、心のそれが似ている。

だから、時々欲しくなってしまう。

だが、今はそれを忘れよう。

アナスタシアがファウストに望む、愛欲のそれ。

その欲望。

――私はそれを是認しよう。

「ヴァリエール」

「はい、お母様」

我が第二子、スペアである第二王女ヴァリエールは答える。

「お前が今回山賊退治に失敗した場合、ファウストはお前の相談役から解任する。そしてアナスタシアの下に付ける。良いな」

「はい？」

呆気《あっけ》にとられた顔で、ヴァリエールが口を丸くする。

それでよい。

ファウストをヴァリエールから、スペアから奪い取る。

それが叶《かな》えばよい。

尤《もっと》も、ファウストが失敗などするわけあるまいが。

だが、この言葉一つでアナスタシアからの私に対する信頼は幾ばくか回復しよう。

これは何もかもを解決する妙案であった。

「お待ちください！　ファウストは、私の相談役!!」

「あらあら、第二王女ともあろうものが、山賊退治ごときに怯《おび》えるとはね、我が妹、ヴァリエール」

アナスタシアが煽《あお》る。

それでよい。

現実は何も変わらないが。

ファウストを引き連れておいて、どんな盆暗《ぼんくら》でも山賊退治の失敗など有り得ない。

ヴァリエールの相談役はファウスト・フォン・ポリドロのまま。

アナスタシアの相談役は諸侯。

公爵家のまま。

それでよい。

それで国は回る。

もし、可能であれば、ファウストは我が亡き夫の代わりとして迎えたいが。

それは実務官僚が許さないし、何よりアナスタシアとヴァリエールが許さないであろう。

それでいい。

国は回る。

滑るように、口を開く。

「ヴァリエールよ、貴女《あなた》は山賊退治のそれもマトモに成し得ないのか。それを問うているのです」

「私は山賊退治が初陣なんぞ、そもそもお断りしたいところなのですが、それすら成し得ないと思っているのですか？」

「いえ、ファウストを引き連れておいてそれは有り得ませんね。勝利は確実でしょう。ですが、初陣もまだのままでは諸侯はそれすらも疑いますよ？」

ヴァリエールは沈黙する。

事実、生じた山賊に領民が困っているのは紛れもない事実なのだ。

ヴァリエールには選択肢がない。

口をひきつらせて、応諾を返した。

「お母様、ヴァリエールは初陣として、山賊退治の任務を全う致します」

「それでよい」

やっと解決の筋道が決定した。

リーゼンロッテ女王はほっと溜息《ためいき》をつき。

アナスタシア第一王女はちっ、と大きな舌打ちをした。

第2話　第二王女相談役

そもそもの失敗は、2年前に第二王女ヴァリエールの相談役になった事なのだ。

私は過去を想《おも》う。

――貴方《あなた》、私の相談役になりなさい。

母が亡くなり、代替わりの挨拶《あいさつ》に出向いた王都にて。

女王リーゼンロッテへの謁見、その順番待ちを3か月食らっている中で、だ。

待ち惚《ぼう》けを食らうのは、辺境騎士故に仕方ない。

領民300名程度の、敵国との係争地の機嫌を損ねたところで、アンハルト王国はどうでもよいのだろうと。

そう納得と諦めの中、都合した資金に頭を悩ませつつも王都の安宿で日々を過ごしている中で。

第二王女ヴァリエールと、その親衛隊に出会った。

「貴方、私の相談役になりなさい」

「はあ」

ポリポリと頭を掻《か》く。

わざわざ場末の安宿まで親衛隊を引き連れて出向いてきた、ヴァリエール・フォン・アンハルト第二王女殿下、当時12歳の命令を聞く。

「何よ、その態度は。私の相談役にしてあげるっていうのよ」

「何よ、と言われましてもねえ」

こちとら20歳である。

母が亡くなるまで、その代替わりの座を譲らなかったため、引継ぎが遅れたのだ。

第二王女からの命令。

立場的に断りにくいと知っていても、言い返したくはなる。

「それで、私のメリットは何かあるんですかね」

「……」

黙り込むヴァリエール第二王女殿下。

先ほど断りにくい、とは言ったが。

断れないわけではない。

我がポリドロ領はあくまでも虫の一匹も残らず我が領地の物である。

選帝侯――ここは地球ではないので、神聖ローマ帝国ではないが。

それに模した選挙君主制は存在する。

帝国の君主に対する選挙権を有する、有力な領主であるリーゼンロッテ女王。

その領地に忠誠を誓う形で、辺境にポツンとあるポリドロ領。

私ことポリドロ卿《きょう》は、契約を為《な》す事でポリドロ領の安全の保障をされている。

すなわち、我が領土を保護するかわりにリーゼンロッテ女王に忠誠を誓い、軍役の義務を果たす事だ。

――私、ポリドロ卿は今年も軍役を果たした。

取るに足らない20人ばかりの山賊を嬲《なぶ》り殺《ごろ》しにする事であったがな。

ああ、勿体《もったい》ない。

そう思いながら何人の美女の首を、この祖先から伝わる魔法のグレートソードで刎ね飛ばした事か。

いや、そんな事よりもだ。

「今週中にはお母様への謁見を済ませてあげるわ」

「有難い話ですが――その程度じゃ足りません。ついでに言えば」

私の力量も足りません。

そう付け加える。

「何故《なぜ》私を相談役などに？　僅か領民300にも満たない辺境の地の領主騎士ですよ、私は」

「……」

姫君は答えない。

代わりに、部屋の隅に立てかけているグレートソードを指さした。

「貴方、あの剣で何人の首を刎ねた？」

「さあ、100から先は数えていません」

病気の母の代わりに軍役を務めるようになり、もう5年が経《た》つ。

全てくだらない山賊退治ではあったが、中には騎士崩れの強い奴《やつ》もいた。

だが、私の力には敵《かな》わん。

自画自賛するようだが、これでも剣の腕は帝国でも上位だろう。

そして一騎打ちとなれば、負ける相手など数人であると思えた。

——推測になってしまうのは、王都の剣術大会には男性に参加資格がない為《ため》であるが。

どこまでも貞操逆転世界観が、私の身には付きまとう。

「使える手駒に、先に唾を付けておく。それって悪い事じゃないでしょう？」

「それは光栄です。ですが、私にメリットがない」

「今後の軍役の際、私の——第二王女の歳費から、僅かばかりながら軍資金を用意しましょう」

金か。

悪くはない提案だ。

兵士、つまるところ領民を動かすにも、金は付きまとう。

領民を動かせば動かしただけ税収は減るのだ。

山賊退治の間、領内の働き手が少なくなる意味でも、動員者に少しくらいは小遣い銭を与えてやらねばならぬ意味でも。

「ついでに、その軍役には選択権も。戦場先ぐらいは選ばせてあげられるわ」

「要するに、今後は山賊団のケツを追い回さず、やる気のない敵国との睨《にら》み合いで軍役を全うしたと言ってのけられると」

悪くない話だ。

尤も、緊急時には逆に第二王女相談役の騎士として最前線に駆り出されるのだろうが。

それは仕方ない。

緊急の際は、どうせ最前線に駆り出される。

取るに足らない、辺境領主なんぞ立場は弱いしな。

ふむ。

そう悪くない話ではある。

正直、王宮になんぞ興味はない。

我が領地ポリドロさえ安泰であればそれでよい。

この眼前の第二王女殿下ヴァリエールは、英明と謳《うた》われる第一王女殿下アナスタシアに小競り合いをする事すらできまい。

一度会ったが、あれは文字通り格が違う生き物だ。

確かまだ14だったたか。

王族としてのオーラを放ちながら、強力な親衛隊を引き連れて市街を歩くアナスタシア姫。

戦争未経験ながら、すでに戦場など見飽きたという顔すらしている存在。

あれで14歳。

とても信じられん。

フリューテッドアーマーを着こなし、愛用のハルバードを用いて、すでに罪人の斬首も行っていると聞いた。

この世界の女性は外見によらず、女性でも平然とファンタジーじみた振る舞いを行う。

さすがに初陣はまだらしいが。

――話がそれた。

今は眼前の第二王女ヴァリエールの提案を考慮する。

外観はただの生意気そうなメスガキだ。

12歳にしては頭は回る方だが。

うん。

この女が、王宮内の権力闘争に私を巻き込む事はあるまい。

何せ、その力量がない。

私は応諾する。

「良いでしょう。ヴァリエール姫様の相談役となりましょう」

「助かるわ。それでは」

ヴァリエール姫が手を差し出す。

私は膝《ひざ》をつき、その手にキスをした。

これは彼女との契約だ。

※

「完全な失敗だったんだよなあ」

1年目からして良くなかった。

軍役が、山賊退治から敵国ヴィレンドルフ相手の睨み合いに切り替わり。

僅か20名ばかりの領民を率いて、砦《とりで》を守っていればそれでよかった。

だが、その年に戦争が起きた。

ここ20年も戦がなかったというのに、突如ヴィレンドルフが攻め込んで来たのだ。

当然、私は戦に巻き込まれる事になる。

アナスタシア第一王女とその親衛隊と、その相談役たるアスターテ公爵の軍を合わせ僅か550の兵で、1000に近いヴィレンドルフの蛮族ども相手に戦が始まった。

私もアナスタシア第一王女の指揮下に加わり――そして最前線送りとなった。

必死であった。

童貞のまま死にたくなかった。

神は何故こんないかれた世界に私を送り込んだのか。

男女比１：９なる異常世界に放り込んだのか。

憎くて憎くて仕方なかった。

そして――勃起した。

だが、金属製の貞操帯に、勃起は差し止められる。

「チンコが痛いんや」

生存本能であった。

死にとうない。

童貞のまま死にとうない。

私は前世でも童貞だったんだぞ。

それだけである。

童貞のまま、死にとうないんや。

私は祖先から伝わる魔法のグレートソードを引き抜き、愛馬のフリューゲルの腹を蹴る。

「我が名はファウスト・フォン・ポリドロ。我こそはと思う者はかかってこい!!　戦ってやる!!」

　一人目の首を取るのは容易であった。

まさか戦場に男が――売春夫以外がいるとは思いもよらなかったらしい。

私の声に動揺したその一瞬のすきに、首を刎《は》ね飛ばす。

またフリューゲルの腹を蹴る。

私は騎士数十名に守られた敵騎士団長目掛けて、人馬一体となって駆け出す。

「勃起!!」

私は卑猥《ひわい》な言葉を口走った。

戦場での錯乱である。

そして今の現状である。

チンコが痛いんや。

2人目、3人目を、言葉と同時に切り捨てる。

「ヴィレンドルフ騎士団長、私と一騎打ちせよ!!」

相手は応じず、4人目が槍《やり》を打ち込んで来た。

グレートソードで槍の穂先を切り落とし、4人目の胴を薙《な》ぎ払う。

チェインメイルなんぞ、魔法が付加されたグレートソード相手にはバターも同然よ。

嗚呼《ああ》——

チンコが痛い。

その思考とは別に、迫ってくる5人の騎士。

一対一では相手をし切れないと考えたのか、それとも私を性奴隷として捕縛するためか。

——おそらく後者だな。

私は性奴隷になる気はない。

ハーレムは歓迎だが。

衛生観念もロクにない連中に犯されて、病にかかって死ぬのは御免だ。

私はグレートソードを握っていない左手を振り、合図を出した。

——クロスボウ。

クロスボウから放たれた弓矢が、チェインメイル姿である5人の騎士に突き刺さる。

我が領地はお高いクロスボウを5本も所有しているのだ。

教会は使うのを止《や》めろと一々五月蠅《うるさ》いが、知った事か。

私の勝手だ。

命以上に大事な物などない。

そうして私は股間を痛めながらも、相手の騎士団長の下《もと》まで辿《たど》り着く。

私はグレートソードを掲げ、大きく叫んだ。

「ヴィレンドルフ騎士団長、一騎打ちを申し込む!!」

「私にはレッケンベルという名があるぞ！　男勇者殿!!」

ヴィレンドルフの騎士団長は大きく叫んで答えた。

これは上手《うま》くいった。

その確信を持ち、私はグレートソードを静かに斜めに下ろす。

「ではレッケンベル殿！　いざ勝負!!」

「いいだろう。だが一つ約束しろ」

「何か！」

レッケンベルは一度大きく息を吸い込み、そして叫んだ。

「私が勝利した場合、お前は私の第二夫人になる!!　どうだ!!」

ヴィレンドルフ——蛮族特有の価値観。

強き男にはそれだけの価値がある。

これが我が国、アンハルト王国ならむしろ嫌われるのだが。

基本、我が国は虫唾《むしず》が走るような、なよなよした男が好まれる。

ヴィレンドルフに産まれりゃよかった。

「承知した。私に勝利したならば夫にでも何にでもなってやろう!!」

いっそ負けようかなあ。

扱い悪くないだろうし。

相手兜《かぶと》被《かぶ》ってないから判《わか》るけど、ちょっと年増《としま》といえ美人さんだし。

鎧《よろい》着てるから判んないけど、おっぱい大きそうだし。

「でも、負けるわけにはいかないんだよなあ」

小さく呟《つぶや》く。

責任がある。

私は地球から転生した異世界人ではあるが、この世界に産んでくれた我が母の一粒種として。

我が領地ポリドロの領主として。

ポリドロ卿《きょう》としての責任があるのだ。

僅か300人の領民といえど、路頭に迷わせるわけにはいかない。

だから——死んでもらうぞレッケンベル。

私は斜めに構えたグレートソードをそのままに、レッケンベル騎士団長に向けて突撃した。

勝敗の結果は、言うまでもなかろう。

私は現在も生きているのだから。

※

「失敗だった」

ヴァリエール第二王女の相談役になったのは明らかに失敗であった。

私はただ呟く。

今は王宮の一室——先ほどまでリーゼンロッテ女王達《たち》と話し合っていた場所を後にし。

王宮の内庭で、相談の結果が——いや、先は見えている。

結局は、今年の軍役として山賊退治に駆り出される事になるだろう。

私はよく整えられた庭先の、花の匂いを僅かに嗅《か》ぎながら。

さっさと自家発電。

要するに、さっきまで脳裏《のうり》に焼き付いたリーゼンロッテ女王のヴェール一つ越しの裸体をオカズに。

我が息子を慰めるべく、宿に帰る事ばかりを考えていたのだが。

庭のガーデンテーブルでお茶を飲んでいたメイド——ではない。

侍女ならぬ侍童というべきか、そんな、なよなよした男の侮辱の言葉が聞こえた。

「アレがポリドロ卿？　筋骨隆々のおぞましい姿」

「野蛮な。先代のポリドロ卿は、子を孕《はら》めぬからヴィレンドルフから捨て子を拾ってきたのではないか？」

どうやら、そういうわけにもいかないようだ。

侮辱されてしまった。

私の事を。

つまり、我がポリドロ領全ての事を。

我が母を、祖先を、領民を、土地を、全てを馬鹿にした侮辱をした。

私のコメカミに、石金を打ち付けたような音が走る。

瞬時にして、脳内のスイッチは「ぶちのめす」方向に切り替わった。

そんな愚かな——虫唾の走る愚かな男達の、鼻の軟骨をへし折るべく、廊下から庭へと私は足を踏み下ろした。

第3話　アスターテ公爵

我が母は変人であった。

この貞操観念が逆転した世界において、男である私に剣や槍を主とした武術を仕込んだ。

領地の統治と経営を叩《たた》きこまれるのは良い。

それは領主として理解せねばならんのは判る。

将来、嫁を――私の代わりにポリドロ卿を名乗る貴族を娶《めと》り、支える事になるからだ。

だが、武術や戦術なんぞ何のために覚えるのだ。

15歳の頃、村から出て男性騎士なんぞ一人しかいない、男は戦場になど普通は出ないと知った時は疑問に思ったものだ。

私はというと、何分物心ついた少年の頃には前世の記憶を思い出していたものだから――貴族の嫡男が、そういった技能を覚えるのは普通だと思っていたから、母にその異常さを訴える事はなかった。

ポリドロ領の男女比、男が30人に女が270人という、その異常さ。

一夫多妻制が当然という状況に「ここ絶対頭悪い世界や」という偏見、そうでは全くなかった感想を抱きながらも。

「今、貴殿ら何と言った？　私までならば、どうでも良い。だが私の母まで侮辱したな」

ガーデンテーブルに、ズカズカと歩み寄る。

二人の侍童が、まさかこちらが寄ってくるとは思いもよらなかったかのように、カップの茶をこぼす。

まるで股を小便で濡《ぬ》らしたかのような格好で、立ち上がり、言い訳をする。

「べ、別に何も言っておりません」

繰り返すが、母は変人であった。

父が若くして肺病で亡くなり、貴族の親戚連中から、領内の村長から、その周囲の全てから新しい男を貰《もら》うように言われながらも、それを全て拒否した。

産まなかった長女の代わりとばかりに、私に武術と戦術を仕込んだ。

だが、今思えば母は母なりに必死だったのであろう。

母自身も身体《からだ》が弱く、２度目を産むのは困難だと思ったのか。

それとも、亡き父の事をそれほどまでに愛していたのか。

ベッドに伏せがちな身体を無理に起こし、私に領主としての全てを教え、それゆえに私を産んで20年。

35歳の若さで病で死んだ。

糸のように細くなって、死んでしまったのだ。

今なら理解できる。

「我が母の事を侮辱したか？」

母は、自分の知る限り全ての事を私に残そうとしたのだ。

自分は長生きする事ができないと知っていた。

だからこそ、短い間――子供である私が大人になるその間に、全てを残そうとした。

私は母の事を、ただの変人だと思っていた。

15歳からは病で完全に床に伏すようになった母に代わり、軍役を務めるようになったが。

その程度の事が親孝行になったか判らない。

いや、親孝行などできていないだろう。

母が死んでから、やっと気づいたのだ。

たとえ――私が地球から転生した異世界人でも。

私にとっては。

「我が母を、祖先を、領民を、土地を、ポリドロの全てを侮辱したか？」

物心ついた5歳の頃から、この世界で生きるための全てを――自分の命を削りながら与えてくれた。

「殺すぞお前等《ら》」

かけがえのない母親であった。

私への侮辱そのものは別に良い。

この王国で、私のように筋骨隆々の武骨な男など、好まれない事は知っている。

容姿に恵まれぬ醜男《ぶおとこ》への侮蔑が降り注いでも、それは甘受できた。

だが、母への侮辱だけは許されない。

手近な男の軟弱な襟首を摑《つか》み、それを持ち上げて宙に浮かせる。

「わ、私達は第一王女相談役アスターテ公爵の縁者だぞ！　それでも」

そうかそうか。

だから、第二王女相談役である私に陰口を叩いたのか。

自分の背景があるから、自分には危害が加えられないとでも思っていたのか。

――とんだ勘違い野郎だ。

「だからどうした」

私は男の鼻の穴に人差し指を突っ込んだ。

「や、やめてくれ。謝罪す――」

もう遅い。

私は人差し指をそのまま奥まで進ませ、指の根本近くまで鼻の穴に潜り込ませ。

人格を崩壊させるような悲鳴――いや、咆哮《ほうこう》が男の声から漏れ出すのを聞いた。

「なんだ、なよなよした華奢《きゃしゃ》ではない、野太い声も出せるんじゃないか」

私は邪悪に笑う。

鼻から突きさした指先は、男の喉まで届いていた。

真っ赤に血塗られた人差し指を、男の鼻の穴から抜く。

男はどしゃりと音を立てて地面に倒れ、口からは真っ赤な泡のようなものを吐いている。

まず一人目。

私はハンカチで人差し指の血を拭いながら、もう一人の男に視線をやる。

「逃げるなよ」

もっとも、逃げられそうにもないが。

もう一人の男は尻もちをつき、小便と糞《くそ》を漏らし始めている。

腰が抜けたのだろう。

「全く、どうしようもない男どもだな」

殺しはしない。

だが、タダでは済まさん。

感情的には、母の事だけであるが。

外面的には――貴族の面子《メンツ》にも関わる事だ。

領地の全ての名誉を私が、ファウスト・フォン・ポリドロが背負っているのだ。

侮辱されてそのままに済ます事などできない。

たとえそれが。

「何をしている!!」

領地規模も兵力も文字通り桁違いの、公爵様相手だとしてもだ。

私は何百回と戦場で聞いた、聞き慣れた声に振り返る。

「これはこれはアスターテ公爵。ご機嫌如何《いかが》?」

常備兵だけでも我が領民の数を超えている相手だ。

領民の数は数万を超え、緊急時でも動かせる常備兵の数は５００に近い。

アナスタシア第一王女の相談役だ。

アスターテ公爵。

「今、最悪の気分だ」


だが――

「単刀直入に聞こう、ポリドロ卿。その男達が――私が王宮に侍童として勤めさせている二人が何かしたか？」

「我が母を、祖先を、領民を、土地を、ポリドロの全てを侮辱した。私の事を、先代が子を孕めぬからヴィレンドルフから捨て子を拾ってきたのだろうとぬかした」

口元をひきつらせるアスターテ公爵。

アスターテ公爵は位置していた廊下から庭に下り、小便を垂らしながら腰を抜かしている男に話しかける。

「今のポリドロ卿の発言は本当か？」

「い、いえ、私どもは――」

「本当なのだな」

アスターテ公爵の顔つきが、まさに鬼のような顔つきに代わる。

鬼神のアスターテ。

そう吟遊詩人に謳《うた》われるゆえんだ。

「この大馬鹿者が!!」

アスターテ公爵はそのブーツで、腰を抜かした男の鼻面に蹴りを入れた。

鼻の軟骨がへし折れる音。

それを小気味よく聞きながら、私はアスターテ公爵の横顔をじっと見つめる。

相変わらず、鬼のような顔つきでも美人だな。

それにおっぱいも大きい。もう凄《すご》く大きい。

赤毛の長髪を後ろに流した、超美人さんである。

赤毛のうなじを覆い隠す、編み込みをじっと眺める。

眺めているだけで、さすがに勃起はしないが。

アスターテ公爵の反応に気が抜け、私はそんな卑猥《ひわい》な事を考える。

「失礼した、ポリドロ卿《きょう》。この制裁を以《もっ》て詫《わ》びとしたい」

「いえ、アスターテ公爵。我々は蛮族――ヴィレンドルフ相手に最前線で戦った仲ではないですか。国力差はありますがね」

「国力差など――私と君は戦友ではないか。気にする事などない」

そう、私とアスターテ公爵の仲は決して悪くない。

1年前のヴィレンドルフ侵攻時に、アスターテ公の常備兵500と私の領民20。

それにアナスタシア第一王女の親衛隊30、計550名。

緊急時故、それっぽっちしか用意できなかった軍で、ともにヴィレンドルフの侵攻を防いだのだ。

それもアスターテ公爵は劣勢の自軍を励ますため、常に私と共に最前線に立っていた。

これで仲が悪くなるはずがない。

第一王女の相談役、第二王女の相談役、その立場の軋轢《あつれき》はあるが――第一王女派が圧倒的に強すぎて気にするほどではない。

問題は――

「それにしても相変わらずいい尻をしているな、ポリドロ卿」

セクハラしてくる事だ。

このアスターテ公爵殿は。

私に比べれば誰でも背は低いが、女性にしては高い身長１７０㎝の身体を横に合わせ、肩を組んでくる。

そういうボディタッチすら、この世界では明確なセクハラである。

淑女たる振る舞いではない。

「御冗談を。私のような武骨で筋骨隆々の男、好まれない事は知っています」

「問題ない!!　私は尻派だ!!」

自由人でもある。

公爵という何をやっても大体は許される立場がそうさせるのであろうか。

「おおポリドロ卿よ、いつになったらその身体を許してくれるのだ。互いに血も汗も戦場で絡み合わせた仲ではないか」

私だってできるものなら、そのおっぱいを自由にしたいわい。

その胸でチンコ挟《はさ》んで欲しいわい。

「アスターテ公爵、何度も言うように、私の貞操は将来の嫁に捧《ささ》げるものであります」

一生、一人だけを相手にするなんて、実は嫌だけど。

ハーレムを築きたい。

領民の16歳〜32歳の美女を集めてハーレムを築くのが私の夢だった。

だが、少なくともこの国では童貞である事は神聖視されている。

私が淫売であると噂《うわさ》されれば、ポリドロ卿――ひいては領地の名声が落ちる。

結婚の――嫁を娶《めと》る条件も悪くなるだろう。

だからできないのだ。

心で血涙を絞りながら、私はアスターテ公爵の目をじっと見つめる。

「私の婿に来ればいい」

「また御冗談を。立場が――爵位の差があり過ぎます。釣り合いませんよ。それに領地の事もあります」

「愛人では駄目か。お前の子供は何人も産み、一人にはちゃんとポリドロ領を継がせる」

それは魅力的な条件だ。

だがその場合、アスターテ公爵の愛人という立場になる。

……いや、それも悪くはないんだがなあ。

「ちなみに私はまだ処女だぞ。18歳だからな。20歳になればさすがに子を産まねばならんから男を捕まえる必要があるが、どうせなら見込んだ男が良い」

「知りませんよ」

私はヤラせてくれるなら、もう処女でも非処女でも何でもいいのだ。

気になるのは性病の有無だけだ。

アカン。

こんな超美人とセクハラ会話を続けていると、また勃起してチンコが痛くなりそうだ。

というか、すでにちょい勃起している。

売春宿があればなあ、とふと思うが。

この世界では売春夫しかいない。

終わっている。

何故《なぜ》ここまで私を世界は苛《いじ》めるのか。

それが理解できない。

アスターテ公爵は私の目をじっと見据えて呟《つぶや》く。

「もう単刀直入に言おう。私は遠回りが嫌いだ。一発ヤラせてくれ。金は払う」

「……」

金なんぞこっちが払ってお願いしたいわい。
そのおっぱいを自由にしたいわい。
だけどアカンのや。
立場に差がありすぎるのだ。
セックスしたい。
私の息子は何故ここまで可哀想《かわいそう》に生まれたのだ。
前世でも童貞、今世でも童貞。
悲惨すぎる。
私は神を憎む。
日曜には教会に行って、聖歌隊のバックコーラスを背に私はいつも神を呪っている。
もう……ゴールしたい。性的な意味で。
このままアスターテ公爵の誘いに乗ってしまおうか。
いや——その望みはどうやら叶《かな》わないようだ。
「何を話している！　アスターテ!!」
アナスタシア第一王女の御出《おで》ましだ。
私はちょい勃起していた息子を必死に宥《なだ》めながら、いつになったら宿に帰れるのか。
いつになったら自家発電ができるのか。
そう思いながら、第一王女相手に膝を崩し、礼を整えながらも大きくため息をついた。

第4話　アナスタシア第一王女

父は太陽のような人であった。

父の武骨な、その手でゴリゴリと頭を撫《な》でられるのが何より好きだった。

私こと、アナスタシアの父はアスターテ公爵家の出身であった。

それだけ聞けば由緒ある家柄だと誰もが思うであろう。

そして華奢《きやしや》な姿の、身長の低い美男子を頭に思い浮かべるだろう。

だが私の父は、不細工ではないが、このアンハルト王国の女たちの好みの対象であるかというと。

些《いささ》か、外れたものであった。

まず背が高い。

そして筋骨隆々の身体《からだ》をしていた。

屋敷から出してもらえぬ事から、趣味は園芸——公爵家の屋敷の広い庭で、農業をしていたからだろうか。

何、男の貴族の趣味などそれぞれだ。

園芸が決して悪いわけではない。

悪いわけではないのだが。

父の手は鍬《くわ》ダコの豆でいっぱいで、それが私の頭皮に触れてゴリゴリとしていた。

母上の夫の候補は何十人とおり、その何人をも番《つがい》として選べたと聞く。

何故、母上は——リーゼンロッテ王女は、釣り書きに引っかかっただけの、公爵家がついでに提示しただけの父一人のみを夫としたのであろうか。

疑問である。

事実、当時は法衣貴族共が騒いだと聞いた事がある。

まあ、それはいい。

今は眼前で起きている事に関心を寄せる必要がある。

廊下に立ったまま、庭で立ち止まっているファウストとアスターテに声を掛ける。

「アスターテ、今何をポリドロ卿と話していた」

「愛人契約についてですよ」

「愛人契約?」

私は怒りを表情に浮かべる。

私の顔を見つめていたポリドロ卿が——ファウストが静かに視線をずらした。

お前、そんなに私の顔が怖いか。

私はファウストを宥めるように、目を閉じる。

昔の——

昔の私は、父の武骨なその手で頭を撫でられるのが好きであった。

父は私を娘として、確かに愛してくれていた。

法衣貴族共がいかに騒ごうが、母上の見る目は正しかったと言えるだろう。

有能であった。

気は短いが、根は優しい。

そして公私を交えない、そんな人であった。

公爵家の伝手《つて》を使っての、公爵家のいかなる要求をも、父は拒んだ。

父を通しての木っ端《こっぱ》役人たちの母上への嘆願をも、それがあまりに窮に瀕《ひん》しているなら自ら助けてやったが——母上への直《じか》の嘆願だけは、拒んだ。

父は母上や私を、家族を守ろうとしていた。

家庭人であった。

晴れの日には必ず鍬を振り。

雨の日には本を読み。

時折、私の遊びに付き合いながら、頭をゴリゴリと撫でてくれる、豆だらけである父の手が大好きだった。

農業を好む父の手からは、確かに太陽の香りがした。

母上も、父の事を同様に愛していたのであろう。

妹も、父の事を同様に愛していたのであろう。

だからこそ、私はそれが許せなかった。

父の愛を独占したかった。

あの感情はまるで世に言う、初恋であったかのようにも思える。

思考を断ち切る。

再び、現実へと戻る。

私は再び口を開く。

「王家は公爵家とポリドロ卿《きょう》が繫《つな》がるなど許す気はない」

「それは何故？」

おどけた顔で、アスターテが応じる。

忌々《いまいま》しい顔。

「第一王女相談役と第二王女相談役が結ばれるなど笑い話にもならん」

「格好だけでしょう。第二王女派閥なんてあってなきようなもの」

「その格好を気にしているのだ。まして、そのセリフを第二王女相談役のポリドロ卿の前で発言するその神経が疑わしい。お前にポリドロ卿は合わん」

それだけ言って、口を閉じる。

また思考は過去に舞い戻る。

父は――ある日突然死んだ。

毒殺であった。

母上が怒り狂い、その卓越した手練《てれん》手管《てくだ》を駆使して犯人を捜し出そうとしても――その判明は為《な》されなかった。

父上は決して憎まれるような人ではなかったのに。

今でも母上は、犯人を捜しているが。

きっと、見つからないだろう。

見つかれば、この世の地獄を見せてやるだろうが。

きっと、見つからないのだろう。

私の愛は突然失われた。

母上は、私の事を愛してくれてはいても、公人としての視線は第一後継者へ向けるそれであった。

私の才能への愛。

家庭人としての愛などなかった。

いつしか、14歳の身で市街を練り歩きながらもその威を示す、ただの第一王女に私は成り下がっていた。

母上も、親衛隊も、相談役であるアスターテ公爵も同じ眼《め》をしていた。

私の事を、第一王女アナスタシアとして見ていた。

ただ一人――父上だけが、私をただの娘のアナスタシアとして見ていてくれた。

それに気づいた14歳の時の喪失感は如何程《いかほど》だったのか――その衝撃の余り、今では覚えていない。

覚えていたくない。

何かの影に、幽霊に怯《おび》えるように——身を屈《かが》めてベッドで泣いた事など、覚えていたくはない。

そんな私に、とうとう初陣の日が訪れた。

ヴィレンドルフへの侵攻であった。

そこで出会った。

思考は、ファウストと初めて会った日に飛ぶ。


「ファウスト・フォン・ポリドロ。第二王女相談役であります。以後、お見知りおきを」


その男は、父以上に頑健な身体をしていた。

黒髪を短く刈り込み、その赤い目《あかめ》は透き通るように美しい。

背は2mを超えており、筋骨隆々でグレートソードを片手で振り回し。

剣ダコや槍《やり》ダコで両手の5本の指が埋め尽くされた存在。

アンハルトの男性の容姿としては、顔こそ良いものの、明確な醜男である。

そんな男であった。

そんな男が——よりにもよって妹、ヴァリエールの相談役として私の指揮下で平伏していた。

そうか、妹よ。
お前は我が父の代わりを見つけていたのだな。
笑えない。
全く笑えない。
笑えないぞヴァリエール。
私の、私達《たち》の父上はそう簡単に代わりが見つかるようなものだったか？
違うだろう、ヴァリエール。
「今は緊急時です。第一王女アナスタシア様の指揮下に従います。ご下知《げち》を!!」
私はまず――あの時は怒りも入り混じっていたのだと確かに言える。
全く愚かな判断であったが。
「アスターテ公とともに最前線に行け」
『試し』をした。
いっそ死んでくれと願った。
「……承知しました」
ファウストは最前線に赴き、功を成した。
蛮族の中でも中核である、レッケンベル騎士団長を一騎打ちの末に討ち取ったのだ。
私は、静かに――父を亡くして数年ぶりに微笑《ほほえ》んだ。
嗚呼《ああ》、お前は父上の代わりに成り得るのか？

そんな錯覚がふと浮かんだ。

ゆえに、私はヴィレンドルフ相手の戦場で、ファウストによく語り掛けるようになった。

「何故《なぜ》目を逸《そ》らす」

「……アナスタシア第一王女相手に視線を合わせるなど、恐れ多い事で」

「目を逸らす方が失礼だとは思わんのか」

ファウストはポリポリと頬を掻《か》きながら、困ったような表情で呟《つぶや》く。

無論、自分の瞳が怖いのは理解している。

忠誠高い親衛隊からは、少し抑えてくれなどともいわれた事がある。

抑えるも何も、瞳など変えようはないだろうに。

だが、武名高いファウストにすら怖がられるのは、少々嫌であった。

「まあ……ええ、そうですね、はい」

ファウストは、まあ言いたい事は判《わか》るが、少し困ったように笑う。

私の事は嫌いではないが、それはそれとして、少し私の瞳が怖いのだと笑う。

素直であった。

父に似ていた。

戦場では『憤怒の騎士』として感情のままに暴れまわるポリドロ卿の素顔は――ファウストは。

平時では、まるで家庭人のそれであった。

自分の頭を押さえながら、申し訳なさそうに頭《こうべ》を垂れる。
母上に勝手な事をして怒られた時のような、父の姿がそこにあった。
違う。
コイツは父上ではない。
違うのだ。
これは錯覚に過ぎない。
そうは思っても、どうしても父上の姿とファウストが重なり合う。
いつしか、ファウストの姿を見れば、それを目で追うようになった。
自分の領民に優しい男であった。
同胞の騎士達に公平な男であった。
アスターテ公爵に我が戦友と公言させる男であった。
お前は——我が父の代わりと成り得るのか。
余りにもその心の成り立ちが父と似ている。
そう思った。
そうして理解した。
私が父に抱いたあの感情は初恋ではなかった。
今のこれが、自然とこの男を目で追ってしまう感情が、初恋であるのだと。
そう理解してしまった。

理解してしまったからには欲しくなる。

そう、欲しくなる。

私の思考は再び現実に戻り、口を開く。

「なあ、ポリドロ卿」

「はい」

ファウストは膝を折り、私に礼を尽くしたまま口を開く。

その顔は私の視線と決して重ならない。

それでも構わない。

「第二王女相談役など辞めてしまえ。私の下に付け」

発言は私の心の内から、自然と為された。

私のモノになれ。

それだけだ。

「……お断りします」

対して、ファウストの躊躇《ちゅうちょ》は断りの言葉まで3秒であった。

その躊躇も、私に配慮してわざとのものであろう。

私は問う。

「何故断る？　アスターテの言葉ではないが、第二王女派閥などあってなきがごとし。未来などないのだぞ」

「それは――」
ファウストは躊躇《ためら》いながらも。
今度は視線を私に真《ま》っ直《す》ぐに合わせ。
こう呟いた。
「私にも情というものがありますので。私はヴァリエール第二王女相談役であります」
満点の回答であった。
股が自然と愛液で濡《ぬ》れそうになる。
嗚呼、我が父と同じ心の持ち主ならそう答えるであろうさ。
ファウストよ。
ファウスト・フォン・ポリドロよ。
お前こそ我が夫に相応《ふさわ》しい。
もはやお前以外では、私は嫌なのだ。
何としてでも。
どんな手段を使ってでも、お前を夫――もしくは愛人としてみせる。
何、お前を愛人とし、夫をとらなければいいのだ。
そうすればお前は私だけのものとなる。
アスターテにも邪魔などさせやしない。
ましてや妹、ヴァリエールになどやりはしない。

我が母上、リーゼンロッテにも。

決めた。

お前は私だけのものだ。

「そうか、それなら『今は』いい。ヴァリエールに尽くし、初陣である山賊退治を成せ」

「承知しました」

膝を折り、平伏したままファウストが答える。

今はそんな関係だ。

だが、いずれ私の視線をじっと見据え、愛を囁《ささや》かせて見せよう。

この私、アナスタシアの愛人として囲ってみせよう。

嗚呼、ファウストよ。

私はお前が愛《いと》おしい。

どこまでも。

どこまでもだ。

私はアスターテの名を呼び、私の後に付いてくるように命じ、その場を立ち去った。

※

私は膝を折りながら、真剣に考える。

なんでこんな怖い顔してるんだろうアナスタシア殿下。

視線合わせたくない。

鬼神と呼ばれるアスターテ公爵でもこんなに怖くないぞ。

なんというか、オーラがおかしい。

まさに選帝侯の第一後継者というべきか、そのオーラを解き放っている。

無茶苦茶美少女だけど、目つきがどうにも爬虫《はちゅう》類系《るい》なんだよなあ。

凡才といってもいい主人、我がヴァリエール第二王女とは大違いだ。

私はそんな事を考えながら、アナスタシア殿下の言葉を聞く。

「王家は公爵家とポリドロ卿《きょう》が繋《つな》がるなど許す気はない」

「それは何故?」

アスターテ公爵がからかうように答える。

まあ、大概予想はつくんだが。

「第一王女相談役と第二王女相談役が結ばれるなど笑い話にもならん」

「格好だけでしょう。第二王女派閥なんてあってなきようなもの」

「その格好を気にしているのだ。まして、そのセリフを第二王女相談役のポリドロ卿の前で発言するその神経が疑わしい。お前にポリドロ卿は合わん」

そりゃそうである。

アスターテ公爵は表を取り繕わなすぎである。

自由人過ぎる。

第一、彼女は尻派だ。おっぱい大きいのに。

私の乳派とは敵対関係にある。

だから法衣貴族共から嫌われるのだ。

法衣貴族はきっと乳派である。

その嫌っている法衣貴族――官僚貴族達は、アスターテ公爵の夫に自分の息子を捻《ね》じ込もうと必死だが。

相手は公爵家だからな。

権力に眼《め》がくらむのも仕方ない。

私は再び、はあ、とため息をつきながら、嵐が過ぎ去るのを待つ。

そんな事を考えていると、何やらアナスタシア殿下は思考しているのか。

少し時間を置いた後、口を開いた。

「なあ、ポリドロ卿」

「はい」

私は膝を地につけ、礼を整えたまま返事をする。

「第二王女相談役など辞めてしまえ。私の下に付け」

嫌だよ馬鹿野郎。

お前怖いもん。

アスターテ公爵が、なんで平然とお前の下にいるのか、よく判らんくらいにお前怖いもん。

良い人だとは知っているけれど、それは別として人肉食ってそうだし。

私は恐怖で舌が攣《つ》りそうになりながらも、必死で答える。

「……お断りします」

アナスタシアは再度問う。

「何故断る？　アスターテの言葉ではないが、第二王女派閥などあってなきがごとし。未来などないのだぞ」

「それは――」

何か理由を探せ、私。

さすがに王宮内の権力闘争に興味ねーよ馬鹿と本音を吐くのは不味《まず》い。

何か、何か理由を。

――そうだ。

「私にも情というものがありますので。私はヴァリエール第二王女相談役であります」

満点回答である。

完璧だ。

二の句が継げないであろう。

何より、ヴァリエール様に情があるのがまるっきり嘘《うそ》ではないのもよかった。

私は自信満々で、アナスタシア第一王女の視線をじっと見つめる。

アナスタシア第一王女はその視線を睨《にら》み返し、ニイ、と蛇のように微笑《ほほえ》んだ。

なんでそんな風に笑うの？

怖すぎてちょっと勃起したよ？

生存本能であった。

チンコの先がちょっと金属製の貞操帯に当たりながらも、私はその微笑みに苦笑いで返す。

他にとりえる手段があるなら教えてくれ。

「そうか、それなら『今は』いい。ヴァリエールに尽くし、初陣である山賊退治を成せ」

「承知しました」

『今は』って事は、将来的にはアカンって事やないかい。

完全に目を付けられている。

何が不味かった？

ヴィレンドルフ相手に功を成した事か？

先ほどの王室会議で、ヴァリエール第二王女の初陣に反対した事か？

それともアスターテ公爵と仲良くしてた事か？

理由が判《わか》らん。

理由が判らんから怖いのだ。

何で私をそっとしておいてくれない。

何故《なぜ》だ。

アナスタシア第一王女とアスターテ公爵が去っていく中で。

私は膝を折り、礼を整えた姿のまま懊悩《おうのう》した。

第5話　アスターテ公爵とアナスタシア第一王女

幼き頃より、親から縁戚であるアナスタシア第一王女と比較されて育った。

帝王学を教える母からは、物覚えが悪い子と言われた。

戦術家の教師からは、お前程出来の良い生徒と出会った事がないと言われた。

剣や槍《やり》の教師からは、この王都で十指の内の一人、その程度にはなれるでしょうと言われた。

そうして育ってきた。

お前は第三王位後継者なのだから、このアンハルト王国をもしもの時に継ぐ、スペアのスペア。

そして次期公爵家を継ぐ身なのだから。

アナスタシア第一王女殿下に負けないように育ちなさいと。

母と父に、そういわれて育ってきた。

そのアナスタシア第一王女は、私の目の前を今コツコツと靴音を立て歩いている。

私は未《いま》だに膝を折り、こちらに礼を尽くしたままであったファウストの姿を最後に振り返り。

バイバイ、と手を振った後に。

ファウストから遠く離れた、廊下の曲がり角で口を開いた。

「ねえ、アナスタシア」

「何だ、アスターテ」

「さっきの事なんだけどね」

先ほどの事――アナスタシアとファウストの会話内容。

それを思い出しながら呟《つぶや》く。

「第一王女相談役と第二王女相談役が結ばれるなど笑い話にもならないって言ったじゃん」

「そうよ。何か間違ってるかしら」

そこまではまあいい。

不満はあるが。

「その直後に第二王女相談役など辞めて自分に下に付けってどういう事？」

「そのままの意味よ」

お前ぶん殴るぞ。

アナスタシアは強いが、一対一の喧嘩《けんか》ならさすがに私が勝つ。

戦略ではアナスタシア、戦術ならばアスターテ。

街角の吟遊詩人たちはそう謳《うた》い――そして私より年配の騎士団長達《たち》も、そう判断している。

事実、あのヴィレンドルフの侵攻以来、そう役割が分配されている。

ついでに現場指揮官の憤怒の騎士にして、最強騎士であるファウスト。

あの現場ではそうであった。

今は違うが。

全くもって、ファウストを第二王女相談役として死蔵しているのは勿体《もったい》ない。

「お前がファウストを好きなのは知ってるよ。叔父上《おじうえ》そっくりだもんな」

ぴたり、とアナスタシアが足を止める。

親族である。

まして、第一王女相談役として2年間も共にしている。

まさか、判らないとでも思っていたのか。

叔父上は、太陽のような人であった。

親族である私にも優しかった。

そしていい尻をしていた。

趣味の農業で鍛え上げられた、いい尻であった。

私が産まれて初めて性的興奮を覚えたのは、多分あの時なのだろう。

「貴女《あなた》は父上をイヤらしい目で見ていたわね、覚えているわ。何度か殺してやろうかと思ったぐらいに」

「思春期だったんだよ。仕方ないだろう」

私には本能に目を逸《そ》らす事などできはしなかった。

よく咎《とが》められる。

私には貴族として、淑女としての気品が欠けていると。

それを良く言う人は、私を自由人と呼ぶが。

法衣貴族、官僚の役職を持つそれらは揃《そろ》って眉を顰《ひそ》めて悪く言う。

やれ、公爵家なのにマナーがなってないやら五月蠅《うるさ》い。

息子を捻じ込もうと、夫の釣り書きだけは公爵家に山ほど送り付けてくるくせにな。

相手にはしない。

私という畑に撒《ま》く種はアイツに決めている。

「単刀直入に言おうか、ファウストを譲れ。お前じゃ立場的にキツイだろう」

「はあ？　貴様、ブチ殺してやろうか」

アナスタシアが口調を変える。

二人きりになった時には感情が表に出やすい。

「ファウストの――ポリドロ領の事を考えてやれ。お前の立場では、荷が重すぎる」

「どう重いと？」

判っている癖に。

「仮にお前が上手《うま》くファウストを愛人にしたとしよう。そうすればポリドロ領はどうなる。

まさか、お前とファウストの娘の一人がポリドロ領を継げるとでも？」

何人産む気か知らないが。

上位王位継承権持ちが、僅か300人足らずの辺境領の領主様になれと。

バカげている。

「ポリドロ領を、アンハルト王国の直轄《ちょっかつ》領にすればいいでしょうに」

「馬鹿が」

アナスタシアは自分の欲望に酔っている。

領主騎士というモノの性質を忘れている。

「ファウストが、自分の領民を、自分たちの土地をどれだけ大切に扱っているかぐらい承知だろう。領主騎士というのは誰だってそうだ。虫の一匹も残らず、自分達の物が奪われるのを拒む。一所懸命というべきか。彼らの生活の縁の全てを奪っておいて、幸せになどなれるものかよ」

「……」

アナスタシアが黙り込む。

そして反論する。

「……貴女だってそうじゃない、第三王位後継者。アスターテの娘にだって王位継承権は発生する」

「確かにそうだが、私の子の血はお前の子よりずっと薄い。私は何人も子を産み——その内の末子をポリドロ領の領主として育てる。お前よりずっと王家の血の薄い、王位の望みなどありはしないような子をポリドロ卿《きょう》にする。末っ子にも継ぐ領地があるのは決して悪い事ではない」

　私とファウストの子だ。

　きっと、ファウストは末っ子でも可愛《かわい》がるだろうな。

「私と居た方がファウストは幸せになれる」

「……」

　アナスタシアが、再び黙り込む。

　こんな説得が――

「ふざけるな。アレは私の物だ」

　上手くいくとは最初から思っていない。

　私が言いたいのはつまるところ、アレだよ。

「だったら勝負してもいいんだぞ」

　懐にしまっている懐剣は抜かない。

　そういう勝負でない事ぐらいは、お互いに判っている。

「ファウストに先に愛していると言わせた方が勝ちだ。私達の勝敗は、全てファウストに委ねる」

「……お話にならないわね。私が母上から女王の座を引き継いだ暁《あかつき》には、私が強引にファウストを貰《もら》っていく。誰にも譲らない」

「それに何年かかる？　第一、ファウストの——その叔父上のような太陽の心を失ってまで欲しいのか？　先祖代々引き継いだ領地を奪われ、人形のようになったファウストをか？　ファウストが領地を捨ててでもお前を愛すると決めたなら何も言わんが。おそらく、そうはなるまい」

アナスタシアは黙り込み、そうして爪を噛《か》む。

私と、おそらくリーゼンロッテ女王とヴァリエール第二王女ぐらいしか知らない、彼女の悪癖だった。

身内の間で返事に窮した場合は、これが顕著に出る。

たとえ、ファウストが自分の事を愛してくれたとしても。

ファウストがその心のありのままで、自分の物になる可能性は非常に少ない。

それにようやく気付いたらしい。

——そう、このタイミングだ。

私は助け舟を出す。

「ファウストを共有するつもりはないか？」

「何だと？」

「何、世間では一夫多妻制など当たり前ではないか。貴族でも夫を共有する事など珍しい事ではない」

私はファウストとの子が欲しい。

あの尻を撫《な》でまわしながら、あの男を抱いてみたい。

童貞は諦めてもいい。

それは贅沢《ぜいたく》な事か？

「……私と、お前の愛人か？」

「そうだ、私とお前の二人の相手をする愛人だ」

第一王女アナスタシアと、アスターテ公爵の愛人だ。

私は口の端を歪《ゆが》めて笑う。

「私の子供がポリドロ領を継ぐ。それならファウストも納得する」

「……」

アナスタシアはギリッ、と歯ぎしりをした。

考えあぐねているらしい。

「ファウストは私だけのものにしたい」

口では達者だが、その瞳には確かに迷いがあった。

頑迷なアナスタシアの心に、ヒビが入った瞬間を見た。

「無理だね」

私は笑って、悪魔のように囁《ささや》いてやった。

「あの男を、ファウストに、二人の女に身を開けと」

アナスタシアの言葉はバラバラとなって感情のまま、一つの言葉に成れないでいる。

あの太陽のような男に、二人の女に身を開けと言うつもりか。

自分の筋骨隆々で武骨な身体《からだ》を自ら恥じ、浮いた噂《うわさ》一つもない男に、自分の領地のために戦場に身を捧《ささ》げている童貞のファウストに。

あの貞淑で無垢《むく》でいじらしい、朴訥《ぼくとつ》で真面目な、童貞のファウストに、手折られた花のようにその身体を。

「そうさ、まるで売春夫のように我ら二人に足を開かせろと言っているのさ」

「……」

沈黙しているが、お前の心の揺れ動きは判《わか》るぞアナスタシア。

私同様、処女をそこらの侍童で切って捨てずにいるのは。

最初の痛みと楽しみを思う存分、ファウストの身体を使って蹂躙《じゅうりん》するためであろう？

恥じ入る必要はない。

我ら王位後継者達とて、清純な心だけで生きているわけではない。

性欲ぐらいある。

「何、童貞はお前にあげるさ。私もその後はたっぷり愉《たの》しむがね」

「ファウストの……童貞……」

「そうさ、自分の領地のために、大切に大切に守っている奴《やつ》の童貞さ」

そこを突けばいい。

何、ファウストの弱みなど判っている。

アイツはどこまでもいっても領主騎士だ。

祖先を、領民を、土地を、その全てのためなら嫌な女の股だって舐《な》める。

――そうして股を開くだろう。

「私はファウストを汚したくない!!」

「嘘《うそ》をつけ!!　お前はファウストを思う存分凌辱《りょうじょく》したいと思っている癖に!!」

卑猥《ひわい》な会話を、廊下で思う存分話す。

私とて、他の女にファウストの身を汚させる等《など》、業腹《ごうはら》ものなのだ。

だが、アナスタシアならいい。

縁戚であり、いずれ女王になるアナスタシアならいい。

何、これはこれで愉《たの》しめるさ。

私が一人寂しくベッドの最中に、アナスタシアにファウストが抱かれている事を想像すると、自然と股が愛液で濡《ぬ》れそうになる。

閨《ねや》の作法は公爵家長女として教わったが、こんな愉しみ方があるとは教師も教えてくれなかった。

「恥じらうファウストに、自ら犬のように腰を振らせるのもいいものだ。想像しただけでおかしくなりそうだ！」

「貴様――どこまでも下劣な!!」

アナスタシアが顔を赤らめて声を荒らげる。

だが、それは怒りに身を染めてではない。

羞恥だ。

心の底の欲望を言い当てられた、羞恥そのもので顔を赤らめている。

なあ、アナスタシア。

お前だってベッドの上でファウストに腰を振らせてみたいだろう？

恥じらうファウストに自ら身を動かさせる。

ああ、本当におかしくなりそうだ。

「なあ、想像しただけで素晴らしいだろう。私の提案に従えば、それがすぐにでも手に入るんだぞ。何、ファウストには私が言い聞かせるさ。お前が嫌われるような事は何もない」

アナスタシアはもう口をぱくぱくと動かすが、言葉は吐けていない。

ただ顔を真っ赤にするばかりだ。

「……判った」

「何だ聞こえないぞ。もっと大声で言え」

「判ったと言ったぞ！　ファウストは私とお前の二人の相手をする愛人とする!!」

さすが第一位王位後継者。

決断の早さが違う。

戦略では欠かせない要素だ。

私はケラケラと笑いながら、アナスタシアの肩をポンポンと叩《たた》く。

「さて、とはいえ権力で――力ずくでファウストにその足を開かせるというのも面白くないな。いや、それも興奮はするがな」

「お前は本当に最低の糞《くそ》ったれ女だ」

柄にもないアナスタシアの罵倒を聞きながら、私は、んー、と悩む。

今まで2年間、あの朴訥で真面目なファウストに、性的な言葉を並べて顔を赤らめさせるのは楽しかった。

でも、それももうお終《しま》いだ。

そろそろ子を孕《はら》む年齢でもある。

「ま、ファウストの軍役が――ヴァリエール第二王女の初陣が終わってからでいいか」

あまり、軍役の前にあの男の心の負担になるような事はしたくない。

とりあえず、アナスタシアの説得は終わった。

それでよい。

私はぐい、と背を伸ばし、胸板に張り付いたその戦場では邪魔な乳を張り伸ばした。

第6話　イングリット商会と貞操帯

アンハルト王国、王都での居住地。

領地から離れる際は領民20名を兵として動員し、常に引き連れている私は、その住処《すみか》をかつては場末の安宿としていた。

資金の都合である。

我が領地はそれほど金持ちではない。

特産品もこれといってない。

2年前の、代替わりの挨拶。

リーゼンロッテ女王への謁見のため、その順番待ちを3か月食らっている最中の事はあまり思いだしたくない。

自分を含め21名もの宿代を背負い、滞在資金のやり繰りには苦慮したものであった。

だが、今は違う。

第二王女相談役として、領民20名も難なく収容できる立派な下屋敷が王家に用意されていた。

相談役となった、役得の一つであった。

現在、私はこの下屋敷を王都での居住地としている。

「……さて、そろそろだな」

私は屋敷で、客人を待っていた。

待っているのは、我がポリドロ領の御用商人であるイングリット商会である。

御用商人とは言っても、領民300名足らずの我が辺境領に来てくれる商人などイングリット商会を除いてないのだが。

イングリット商会とは、先代――母親の代からの付き合いである。

商会には全ての仲介を委ねている。

先祖代々受け継がれている物。

辺境領地貴族には些《いささ》か不相応な、魔法の付与されたグレートソードの研ぎ。

自分の代となって新しく新調した物。

2mを超える私の巨体を包み込む、チェインメイルの補修。

そして個人的にだが、最も重要な物。

それは――

「ファウスト様、イングリット商会が来られました」

従士として取り立てている領民がドアを叩き、声を上げる。

「入ってもらえ」

「失礼しますよ。第二王女相談役ポリドロ卿《きょう》」

からかうように、イングリット商会の女主人であるイングリットが挨拶をした。

私が第二王女相談役となって以来、彼女はこの呼び方を好む。

「よしてくれ、イングリット。第二王女相談役と言っても、派閥も何もないちっぽけな役だ」

「こんなに立派な下屋敷を借り受けておいて、何をおっしゃいます事やら」

イングリットは上機嫌で、客室を見渡す。

確かに、屋敷は立派だ。

我がポリドロ領の屋敷が見劣りする――というか実際、この下屋敷の方が立派なのだ。

「これを機に、我が商会も規模をより大きくしたいものです」

「……第二王女にも、私にも、そんな伝手《つて》はない、諦めろ」

イングリットはどこまでも商人である。

利益の機会には目ざとい。

だが、所詮はアナスタシア第一王女のスペアである、ヴァリエール第二王女の歳費など少ない。

イングリットから何か余計な物を買う余裕はないだろう。

ましてや王家御用達《ごようたし》の商人もいる。

付け入る隙間などない。

それぐらいはイングリットも判っているはずなのだが。

「何、私はもっとこの国の大きい部分に関われる方だと貴方《あなた》を見込んでいるのですよ。ポリドロ卿」

「……」

イングリットの目はギラギラと欲で輝いている。

彼女は私に何を見ているのだろうか。

それが私には理解できない。

イングリット商会はちっぽけな商会ではない。

さすがに王家御用達の商人程ではないが、多数の職人や鍛冶師《かじし》への伝手があり、アンハルト王国内に大きな販路を持つ商会である。

彼女が私ごときに、この貧乏領主騎士にそこまで入れ込む理由は何なのだろうか。

――まあ、それはいい。

入れ込まれても、私に損はない。

イングリットが損をするだけだ。

それよりも、だ。

個人的にだが、最も重要な物について話がある。

「イングリット、話がある。少し近くに寄ってくれ」

「ええ」

イングリットが歩み寄り、私は扉の外で待機しているであろう従士にも聞こえないように、小声で話す。

「貞操帯の事だが、もう少し何とかならんのか。勃起すると痛い」

「……また、その話ですか」

イングリットはやや顔を赤らめ、私の声量に合わせた声で話す。

「以前にも言ったではありませんか。それはポリドロ卿の――その、サイズにフィットするようにオーダーメイドで仕上げた作品。どうにもなりませんと」

「15歳の時に、珍しい男性の鍛冶師まで忍んで足を運んだのであったな。アレは精神的に苦痛であった」

貞操帯。

言わずもがな、アダルトグッズである。

それは前世の地球でも、今世のこのどうしようもない世界でも変わりはない。

男の貞操を管理するために売られているものである。

だが、私の目的は違う。

勃起させないために、いや、より正確な目的としては勃起を誤魔化すために着けているのだ。

辺境の我が領内では、なんとかブカブカのズボンを穿《は》くようにして誤魔化していたのだが。

領地を出て以降、王宮へ出向く際の礼服、また戦場着ではそういうわけにもいかん。

「勃起すると痛いのだ。とても痛いのだ」

「そもそも何故《なぜ》そんなにしょっちゅう勃起されるのですか」

「……」

どう喋《しゃべ》るべきか。

私は悩みながらも回答する。

「私は感情が昂《たかぶ》ると、あらゆる場面で勃起するのだ。誰にも言うな」

これも一種の恥だが、女性の裸体を見ただけで勃起する、この世界では異常者。

ややもすれば、この世界では色好みとも捉えられかねん事を発言するよりはマシだ。

「……まあ、二つ名の憤怒の騎士らしい在り方とでも申しましょうか」

イングリットは顔を赤らめながら、言葉を濁した。

どういって良いのか判《わか》らないのだろう。

だが、この貞操帯は、痛い――

「イングリット、くれぐれも私が貞操帯を自分で買った等《など》と漏らすなよ。私が通常の女性の好みから外れている事など、私自身が一番よく知っている。にも拘《かか》わらず、女に襲われるのが怖くて自分で買った貞操帯を、自分に着けてる勘違い貴族等という誤ったそしりを受けたくはない」

「お客様の情報、まして貴族の方々の購入物を漏らすなど恐ろしくてできませんよ。ご安心下さい。その貞操帯を作る際も、秘密裏に行ったではありませんか」

まあそうだが。

ここはイングリットを信用する事にしよう。

「とにかく、勃起すると痛いのだ」

「……貞操帯自体を、フィットした物ではなくもっと大きなサイズに変更しますか」

「それも不味《まず》い。礼服では、貞操帯を着けていますとバレてしまう」

既に妻帯者ならばそれでも良い。

夫の貞操の管理をするのは、この世界ではさほど異常ではない。

だが、先にも言ったように、独身の私が貞操帯を着けていると世間に漏れるのは不味い。

自分で買った貞操帯を、自分に着けてる勘違い貴族というそしりを受ける。

せめて私がアンハルト王国好みの、紅顔の美少年であったなら自らの貞操を守るため、付けていても何も言われなかったであろうが。

ともかく、貴族は面子《メンツ》商売である。

恥を掻《か》くわけにはいかん。

「なれば、今のフィットしたサイズの貞操帯を使い続けて頂くしかありません」

「それしかないのか……」

私は項垂《うなだ》れた。

この世界では日々の折々で女性の裸体を目にする。

無論、みんな通常は服を着ているが、裸体になる事は決して恥ずかしい事ではないのだ。

さすがに貴人ともなれば、裸体とはいえヴェールの1枚も羽織るのだが。

昨日、王宮に出向いた際にリーゼンロッテ女王がシルクのヴェール1枚であった件。

まるで頭の悪い世界の——いや、ここはどうしようもない世界ではあるが。

ともかく、何かのエロ小説の挿絵に出てくるようであったあの姿にも女王の悪意はない。

自分の肉体美を見せびらかしていただけである。

私のチンコは大ダメージを負ったが。

後、自分でも少し反省するほど理不尽にキレてた。

結論。

私に救いはない。

「第二王女相談役ポリドロ卿、ここは妻帯者となり、貞操帯を着けていてもおかしくない状態となるのがベストかと」

「それができるならさっさと嫁《めと》を娶っている」

私はモテない。

この筋骨隆々の武骨な身体《からだ》だ。

ましてちっぽけな辺境領主騎士である。

花の都、王都には法衣貴族達《たち》の、家など継げない次女や三女の貴族も多かろうが。

花の都から辺境の領地に赴き、下手すれば軍役を除き一生をそこで過ごすとなると難色を示す相手が多い。

そこまでしなくとも、王都の貴族ともなれば、生きていく術《すべ》はあるのだ。

一度、第二王女相談役として、ヴァリエール姫にどこか貴族との縁組をと頼み込んだ事もあったが。

何か物凄《ものすご》く不機嫌そうな顔で、私がお前に用意できる縁組など何もないと断られた。役立たずである。

「アスターテ公爵の愛人では駄目なのですか？」

イングリットが突然、突拍子もない事を口に出す。

「お前は何を言っている？」

「アスターテ公爵があのヴィレンドルフの侵攻以来、ポリドロ卿を我が戦友と公言している事。そして口説いている事は吟遊詩人にも歌われていますよ」

「あれはアスターテ公爵の冗談だ。いや、本気だったとしても、ちゃんと公爵家に相応《ふさわ》しい夫をどこぞの法衣貴族か、諸侯からちゃんともらうだろうさ。爵位や権力差がありすぎる。私は愛人にはなりたくない」

アスターテ公爵の事は嫌いではない。

むしろ好みだ。おっぱい大きいし。

だが、愛人は嫌だ。

別に夫が居る女の愛人は嫌だ。

アスターテ公爵の末子にポリドロ領を継いでもらうにしても、自分の血を継いでいない子に、我が領地であり全てであるポリドロ領を奪われる可能性がある。

そんなのは御免だ。

祖先に、母親に申し訳が立たない。

「ポリドロ卿《きょう》は何か勘違いをしていらっしゃる」

「何を勘違いしているというのだ？」

イングリットは言うか言うまいか、迷ったようにして——結局、何かを呟《つぶや》く事はなかった。

※

下屋敷から外に出て。

イングリットは馬車に入り込んだと同時に、思わず独り言を呟いた。

「ポリドロ卿は勘違いしておられる。アスターテ公は、ポリドロ卿が愛人として手に入ったならば夫を取る気等ないというのに」

私の摑《つか》んだ情報では、そうだ。

アスターテ公爵は、ポリドロ卿を本当に愛しておられる。

それをポリドロ卿に告げなかったのは、情報が正確とは限らないから。

それと——

「それを漏らした事が私とバレたら、どうなる事やら。たとえそれがアスターテ公にとって利益がある事でも、喋りたくはないわ」

鬼神のアスターテ。

その二つ名を持つ武人公爵の気性は自由人であると同時に、とても荒い。

敵国ヴィレンドルフでの二つ名は皆殺しのアスターテ。

ヴィレンドルフの1000の敵の侵攻を撥《は》ね除《の》け、やがて北方の敵国との睨《にら》み合いに位置していたため出遅れた王軍の準備が整い、ヴィレンドルフへの逆侵攻の際。

アスターテ公爵はその鬼の形相で、ヴィレンドルフの民に山賊のような略奪を行った。

女は皆殺され死骸は磔《はりつけ》にされ、生き残った少年達は全て奴隷としてアンハルト王国に持ち帰られた。

アスターテ公が略奪した村々の後には、草一本残らなかったと言われている。

あの気性の荒い女にだけは、良しにせよ悪《あ》しきにせよ、目を付けられたくない。

あの女が優しいのは、真に自分の味方と認識している相手にだけだ。

下手をすれば、アナスタシア第一王女とポリドロ卿の二人ぐらいのもの。

ぶるっ、と少し背筋が震えた。

まるで第一王女相談役である彼女の監視の手が、ポリドロ卿の下屋敷に伸びているように感じた。

いや、事実伸びているだろう。

アスターテ公の手は長い。

対して、あの下屋敷はポリドロ卿を捕まえるための王家が仕掛けた監獄のようにも思えた。

「……アナスタシア第一王女殿下」

彼女までがポリドロ卿に興味を示している。

法衣貴族——上位の官僚貴族がポロッと漏らした言葉。

それが嘘《うそ》でないならば。

「将来の女王陛下が庇護《ひご》する愛人用御用商人となる、大きなビジネスチャンスではあるのよねえ」

何故ポリドロ卿が結婚できないのか。

この女余りの世の中で、武門の家からは決して評価が低くない、ポリドロ卿が何故本当に浮いた噂《うわさ》一つも作れないのか。

アスターテ公爵やアナスタシア殿下、第一王女派閥が第二王女相談役に嫌がらせをしているから。

下級の法衣貴族の見方はそうではあるが、上級の法衣貴族と、私の見立てではそうではない。

それら全ての考えを、ポリドロ卿には告げぬまま。

アスターテ公にだけは目を付けられない事を祈りながら、イングリットは下屋敷を後にした。

第7話　従士長ヘルガの回想

幼い頃の事でも、あれは村一番の祭りだったと記憶している。

ファウスト様が産まれた日に行われた祭りだ。

ポリドロ領は300人足らずの、誰もが顔見知りの小さな村で。

産まれたファウスト様の顔を見に、領民の全員が領主屋敷に訪れたものだった。

勿論《もちろん》、代々ポリドロ領に従士長として仕える家系の私もその一人であった。

ファウスト様は赤子にしては珍しく、泣かない子であった。

先代ポリドロ卿――マリアンヌ様の初産であったファウスト様は男子であらせられ、末は傾国の男子になるぞ、と我が母などは酒に酔ってはしゃいでいた。

決して裕福とは言えない我が村ながらも、この機会ばかりはと、村長がご機嫌の調子で村の食糧庫を開け放ち。

私達子供も十分にごちそうを味わって腹を満たした。

――そんな村に影が差し掛かったのは、ほどなくしてマリアンヌ様の夫君《ふくん》が肺病で亡くなってからであった。

「領民全員の嘆願です。マリアンヌ様、新しい夫君《おと》を御取りください」

従士長である母の、嘆願の言葉であった。

マリアンヌ様がどれだけ亡くした夫を愛していたかは知っている。

だが、致し方ない。

ポリドロ領を継ぐ、長女なくして村の存続はない。

頭を深く深く下げる母の傍《そば》で、私はマリアンヌ様の顔色を窺《うかが》う。

「……」

その懊悩《おうのう》する姿は、未《いま》だに覚えている。

領主貴族としての義務と、未だ忘れられない夫との、愛の狭間《はざま》で苦しんでいるかのようであった。

そして——マリアンヌ様は、少しおかしくなってしまった。

懊悩の余り、気が触れてしまったのだろうか。

男であるファウスト様に、槍《やり》や剣を教えるようになったのだ。

もちろん、止められた。

村長からも、我が母からも。

亡くした夫の親族からも。

だが、マリアンヌ様はその説得全てを無視して、ファウスト様に剣技や槍術《そうじゅつ》を仕込み続けた。

やがて、誰もが諦めた。

マリアンヌ様は気が触れてしまったのだと。

何、子供の方から――ファウスト様の方から、男の子で他にこんな事してる人はいない、とそのうち怒って止《や》めてしまうよと。

マリアンヌ様はもう駄目だ。

ファウスト様に強い、優秀な嫁が来てくれる事を期待しようと。

だが。

ファウスト様の方は愚直に、マリアンヌ様の教えに従っていた。

統治や経営の教育に加えて、この肉体を痛めつける仕打ち。

貴人とはいえ、よく耐えられるものだ。

代々従士長を受け継ぐ誇りを持つ私でも、剣や槍の訓練は辛《つら》いのだ。

散々、木剣で打ち据えられ、刃引きの剣で実際に武具を装備して実戦演習する事さえある。

だが、ファウスト様は泣く事もなく、愚直に訓練を続けていた。

泣かない子供であった。

「――林檎《りんご》」

ふと呟きながら我に返る。

今はファウスト様と、イングリット商会が、客室にて話し合っている最中であった。

私は扉の前で屹立《きつりつ》し、誰も近寄らないように注意を払う。

注意を払いながらも、思考は幼少期の想《おも》い出《で》へと飛ぶ。

林檎。

そう、林檎である。

剣や槍の訓練時、昼食にはいつもデザートとして出てくる林檎を、ファウスト様に分けて頂いていた。

たった一つのそれを、ナイフで二つに切り分けて。

――ファウスト様も、丸ごと1個食べたかったであろうに。

そんな事を考える。

ファウスト様は、幼少の頃から我ら領民に優しい御方《おかた》であった。

固辞する私に、お前も腹が減っているだろうから、と無理してそれを渡した。

そんな優しいファウスト様に、私はいつもお聞きしたい事があった。

「お辛くはないのですか？」

と。

決してそんな事、貴人であるファウスト様には口に出せなかったが。

ファウスト様の手は、幼少にしてすでに剣ダコができていた。

――時間は過ぎ、歳《とし》を取る。

私はやがて幼年期から時を経て、一人前の従士長へと姿を変えていた。

そして、ファウスト様も姿を変える。

決して不細工ではない。

顔の形は整っている。

従士長として言わせてもらえればむしろ、気高く美しい。

なのだが。

アンハルト王国内の女子達《たち》の価値観から言えば、少々背が、いや、あまりにも背が高すぎた。

15歳にして180㎝に達していた。

そしてその手は剣ダコと槍ダコで埋め尽くされていて、とても男貴族の手には見えなかった。

だが領民には、本当に優しい御方であった。

貴族の男には珍しく、物欲というものに乏しい御方であった。

マリアンヌ様が、領地外への軍役の際に申し訳程度に買ってくる髪飾りや指輪等《など》。

そういった物は、全て日々の折々——自領での領民同士の結婚式の際に。

または、近隣の領地に貰《もら》われていく、或《ある》いは領民のため貰って来た男に対し、全て与えてしまっていた。

その男たちは喜んでいたが、私はファウスト様が男らしさを失っていくようで悲しかった。

それゆえ、一度聞いた事がある。

「髪飾りや指輪が、惜しくはないのですか」

と。

ファウスト様は答えた。

「髪飾りなど、背高のっぽの私には似合わないし、指輪はな」

ファウスト様が、その剣ダコと槍ダコでゴツゴツとした指を見せる。

私は発言を後悔した。

街の市場で買ってきた、オーダーメイドではない指輪なんてものは、嵌《は》められないのだ。

私はいつしか、先代ポリドロ卿《きょう》――マリアンヌ様を心の底で蔑視《べっし》するようになっていた。

我が子が可愛《かわい》くないのか。

これが息子に対する仕打ちか、と。

そんな事を考えている最中、そのマリアンヌ様が病に倒れた。

元々、身体《からだ》が弱い方であった。

15歳のファウスト様が、代わりに軍役を務めるようになった。

そして軍役に出る中、妙な質問を私にした。

「男性騎士というものは、私以外に存在しないのか？」

私は答えあぐねた。

そんな事、常識であろうに、と。

だが、答えを返さなければならない。

「蛮族――失礼、ヴィレンドルフでは聞いた事がありますが、アンハルト王国内には存在しませんね」

蛮族と同じ。

ファウスト様に対する侮辱ではないかとヒヤヒヤしながらも、答えた私にファウスト様は呟《つぶや》いた。

「そうか。そういうものなのか」

いっそ、清々《すがすが》しい。

そういった顔であった。

私の言葉への怒りや、自分を男性騎士として育てたマリアンヌ様への怒りといったものは、感じ取れなかった。

そしてまた、口を開く。

「もう一つ聞きたいのだが。私が騎士として活躍した場合――」

我が母は喜んでくれるであろうか、と。

そんな質問をした。

私はその問いに、答える事ができなかった。

ファウスト様の御考《おかんが》えが、私には理解できなかった。

気が触れた母に、愛情を求めているのか。

どちらともとれない。常識を求めているのか。

――そうして、更に5年の日が過ぎる。

私は一人の夫を姉妹達と共有するようにして迎え、ファウスト様は身長2ｍに近い青年に成長した。

そして、マリアンヌ様が、ついにベッドの上で血を吐くようになった。

マリアンヌ様との、今生の別れの日が近づいていた。

「これで母上とも、お別れか」

そうファウスト様が呟きながら、寝室のドアを開く。

その声は、僅かに震えていた。

ドアの先の寝室は、静まりかえっていた。

村長、今は従士長を引退した我が母、そしてファウスト様と私。

そしてベッドで息を引き取ろうとしているマリアンヌ様。

「ファウスト」

マリアンヌ様が、名を呼ぶ。

ファウスト様はベッドの傍により、もはやロクにスープも飲めなくなり、か細くなったマリアンヌ様のその顔を、優し気に撫《な》でた。

「ファウスト。手を」

ファウスト様が手を差し出して。

剣ダコと槍ダコでゴツゴツの手を、マリアンヌ様が震える両手で握る。

そして、マリアンヌ様は静かに——本当に静かに最期の言葉を呟いた。

「御免なさい、ファウスト」

マリアンヌ様が、その手を握りながら、何かに贖罪《しょくざい》するように謝った瞬間に。

声が——漏れた。

「——」

ひい、と。

引き攣《つ》るような、赤子のような、周囲の人の心をかきむしるような声であった。

嗚咽《おえつ》を漏らした声であった。

ファウスト様が、嗚咽を漏らして泣いていた。

そして感情を取り乱し、嗚咽を漏らしながらも口を開く。

「違います。違うのです。母上、違います。貴女《あなた》は勘違いしておられる」

ファウスト様が、逆に贖罪するように首を振る。

マリアンヌ様の手を握りしめながら、ただ言葉を紡ぐ。

「私は何も辛くなどなかった。この今世で貴女を憎む事などなかった。まだ、何も、何もできていない。恩返しができていない。もっと貴女と話すべきであった。私はもっと
——」

ファウスト様が、涙を流しながら、目の前の現実を否定しようと言葉を並べている。

「まだ何にも、親孝行ができていないのです。まだ、まだ早すぎます。やっと理解した、

私は貴女の事をちゃんと母親として愛して――」

「ファウスト様」

ぐっと、ファウスト様とマリアンヌ様が握りしめ合った、その手。

その手を、外そうとして？

いや、逆に外すまいとして、我が母はそれを握りしめながら呟いた。

「ファウスト様」

我が母が何か呟こうとするが、震える舌では言葉になりきれず、ただファウスト様の名を呼ぶ。

もうすでに、マリアンヌ様はお亡くなりになりました。

その事実を告げられず、涙を流しながらファウスト様の名を、ただ呼ぶ。

その手を握るファウスト様にはそんな事、言われなくても判《わか》っているのであろう。

だが、ファウスト様は、マリアンヌ様の遺体に呼びかけ続ける。

「まだ何も……まだ、何も……」

呆然自失《ぼうぜんじしつ》の体で、ファウスト様は泣き続けていた。

私は、その日、ファウスト様が涙を流すのを初めて見た。

そして、この世には親子達当人にしか、そして末期にしか判らぬ愛がある事を知った。

――嗚呼《ああ》。

ファウスト様の、声が聞こえる。

「ヘルガ」

ヘルガ。

ポリドロ領従士長、ファウスト様の家臣として存在する私の名前だ。

「はい、ファウスト様」

「イングリット殿がお帰りになられる。扉を開けてくれ」

私は黙って扉を開け、頭を下げてイングリット殿を見送る。

後は、別な従士が馬車まで見送るであろう。

「ヘルガ、ちょっと中に入れ」

「はい」

ファウスト様に呼ばれ、客室の中に入る。

椅子に座るファウスト様は、何かに悩んだ様子でおられた。

「イングリットは何を言いたかったのであろうか」

そう、私に聞いたような、それともただの独り言であるのか。

判らぬ調子で、客室の空間にそれを呟いた。

「まあ、何だ。ヘルガ、そこに座ってくれ」

「はい」

私は命令通りに、ファウスト様の眼前の椅子に座る。

ファウスト様はその様子を眺めた後に、愚痴るように呟いた。

「一体、いつになったら私は結婚できるのであろうなあ」

「ファウスト様の魅力を判ってくださる方は、必ずその内現れますよ」

心の底から言う。

全く、どいつもこいつも見る目がないのだ。

男性騎士と馬鹿にする法衣貴族達。

ファウスト様と私達を死地に送り込んだ王家。

権力を傘に、ファウスト様の尻を撫でようとするアスターテ公爵。

どいつもこいつもウンザリだ。

私にとっての貴人は、この世にファウスト様ただ一人だ。

「ファウスト様、早くポリドロ領に帰りましょう。嫁はこの際適当に見繕ってください。致し方ありません」

「……昔と違って、お前は言うようになったなあ」

貴人相手だからと、何か一言喋《しゃべ》るたびにビクビクしてたのにな。

そうファウスト様が笑う。

私は首を刎《は》ねられてでも直言した方がファウスト様のためになると思っているから、言うようになっただけだ。

「手近なところでは、第二王女親衛隊がいるではありませんか」

「まあ……手近なところだなあ。王家や法衣貴族への伝手《つて》には程遠いが。第二王女の親衛隊、ほぼ家からも見捨てられた次女や三女、最低階位の一代騎士ばかりであろう？」

　ファウスト様が答える。

　私は直言する。

「要《い》りますか？　王家や法衣貴族との伝手」

「……要らないな」

　冷静な顔で、ファウスト様が答えた。

　私の直言は有効だ。

「なれば、この度の軍役——ヴァリエール第二王女の初陣で、良さげな美女をちと見繕ってみるか」

「そうしてください」

　できれば、ファウスト様が代わりに軍役に出る必要などないよう、ポリドロ卿を名乗るだけの事はあると世間に言わせる強い女を。

　私はそう願いながら、椅子から立ち上がる許可をファウスト様に申し出た。

※

　後悔は尽きない。

　私の、亡き母親への後悔は尽きない。

病の身体《からだ》を押しての軍役に疲れながらも、毎年ちゃんと街の市場で土産《みやげ》を用意して帰って来た母親。

ベッドに伏せがちな身体をこらえ、私に統治や経営、剣術や槍術《そうじゅつ》――領主騎士としての全てを叩《たた》きこんでくれた母親。

何故《なぜ》、愚かな私はその母の愛を、その末期の際まで理解できなかったのだろうか。

前世持ちだから？

それがどうした、糞《くそ》が。

母が、自分への教育を、息子に与えた酷《ひど》い仕打ちだと後悔しながら逝ったと思うと――自分に反吐《へど》が出そうで、死にたくなる。

だが、本当に死ぬわけにもいかん。

母親からもらった大事な身体だ。

私は母から受け継いだ領民を、土地を、ポリドロを、守っていかなければならない。

そのためにも。

「第二王女の親衛隊から見繕う……か。本当は辺境に理解のある、武官の官僚貴族の次女辺りと縁を持ちたかったのだが」

だが、ヘルガの言う事にも一理ある。

私はもう宮廷闘争には心の底から関わりたくない。

そもそも第二王女相談役になど、なるべきではなかったのだ。

「しかし、第二王女親衛隊は――」

思わず口ごもる。

アレだぞ。

正直、一言で言ってしまえば――

「リーゼンロッテ女王による、スペアに対するミソッカスの廃棄場所」

悪口にしかならなかった。

私は閉口しながら、その中ぐらいしか嫁のアテがない自分に心底ウンザリする。

彼女達《たち》に果たして領主など務まるのだろうかと深い疑念を抱きながら、私はベッドに移動し、静かに仮眠をとる事にした。

第８話　親衛隊隊長ザビーネ

「ですので、どうか売春宿に行くお金を歳費から出してください、ヴァリエール様」

「この猿どもめ。いや、猿に失礼だから、猿に謝罪しなさい」

　アンハルト王国、王宮。

　ヴァリエール第二王女専用に与えられた居室にて、ヴァリエールは自らの親衛隊隊長を罵《ののし》った。

　そう、繰り返すが、相手は親衛隊――自らの近衛《このえ》騎士を務める騎士たちの隊長であった。

　その親衛隊長が、第二王女の歳費から、親衛隊全員が売春宿に行く費用を出してもらう事を嘆願していた。

「これは必要経費なんです！　ヴァリエール様、これは必要経費……避けては通れない歳費であります!!」

「どういう思考回路を用いたら必要経費として、貴女《あなた》たちが売春宿に行く費用を歳費として財務官僚に申請できる筋があるのか言ってみなさいよ。このチンパンジーどもめが!!」

　ずっと、こうである。

　10歳のみぎりに、親衛隊を母親から――リーゼンロッテ女王から与えられて以来、ヴァリエール第二王女はまるで生来のような胃痛持ちになった。

チンパンジー。

哺乳綱霊長目ヒト科チンパンジー属に分類される類人猿。

この場に第二王女相談役であるファウストが居たならばそう呟《つぶや》いたであろうが、残念ながらこの場にいなかった。

いや、男性騎士が近くに居たら、さすがにこんなふざけた嘆願は為《な》されていないだろうが。

でも、やっぱり嘆願したかもしれない。

だってチンパンジーだものコイツ等《ら》。

ヴァリエール第二王女は、息を切らしながら、もうウンザリした様子で金切り声を挙げた。

「で、言ってみなさい。何か理由が言えるんでしょうね。ほら、言ってみなさい」

「第二王女殿下ヴァリエール様、訴えるのは大変誠に申し訳なき事ながら、誠に非才な身を恥じ入るばかりではありますが――」

ヴァリエール第二王女親衛隊隊長、ザビーネ。

親衛隊の中ではただ、家名までは口にされず、ザビーネという名の18歳の女であった。

チンパンジーである。

胸は前方に、その存在を激しく主張するように突き出ており、髪は煌《きら》めくような金髪で。

その髪は騎士でありながら酷く長く、乳房を覆うように前方に垂れ下がっている。

麗人といえるだろう。

見惚《みほ》れるような美しさを持った人間であるのだ。

誰も、それ自体は否定しないのだ。

別の何かを否定するのだ。

あまりにも眼光は爛々《らんらん》と輝いており、その忠誠は王家に向いてなどいない。

一応は上司たるヴァリエール第二王女たるそれに忠誠を抱いてはいるが、別に王家なんぞはどうでもよかった。

問題はそれだ。

眼光が異常者のように、それこそ何か信心やその身全てを捧《ささ》げた狂信者のように、理性を暴力に捧げているのだ。

別に王家自体はどうでもよく、第二王女の権力下で全てが自由になれば、世俗争いに興味自体がなかった。

暴力こそが力の全てだと信じていて、自信の握力の全てさえ強ければ、この世全てを握り潰せると信じてすらいる。

そのような理外のチンパンジーに、果たして名前が必要なのか？

もういらないだろう、コイツには。

名を剝奪《はくだつ》する権限は第二王女ごときにはないのかと、ヴァリエールはそんな事を考えながらも。

ザビーネの発言の続きを黙って聞く事にした。

ザビーネは、何故かそのヴァリエールの発言をせかす様子を、嘆願が聞き入れてもらえるものと勘違いし、目をキラキラと輝かせながら叫んだ。

「第二王女親衛隊15名、全員がなんとこの度、処女である事が判明いたしました！」

「知るか！」

ヴァリエールは胃を痛めながら答えた。

知った事ではなかった。

本当に知った事ではなかった。

ああ、姉上が羨ましい。

アナスタシア第一王女の親衛隊は同じく、武門の法衣貴族の次女や三女で構成されていたが。

決してこんなチンパンジー共の群れではない、むしろ家からその才能を、将来を嘱望されて親衛隊に入隊したエリート達であった。

姉上が女王になった暁には、世襲騎士として新たな家を持つ事すら許されるであろう。

第一王女親衛隊の隊員数は30である。

対して、第二王女親衛隊の隊員数は15。

数でも露骨に差別されていた。

いや、チンパンジーの数なんか増やしてもらいたくないけどさ。

何故、母上リーゼンロッテ女王はこんなチンパンジーの群れを私に。

そこまで私の事が疎ましいか。

ヴァリエールがそう考えるのは、無理のない事であった。

「もうすぐヴァリエール様の初陣なんですよ!?」

「私の初陣と、お前らが処女であるのに何の関係があるのよ。この阿呆《あほう》ども!!」

ヴァリエールは叫んだ。

ワナワナと肩を震わせながら、椅子から立ち上がり、心の底から叫んだ。

対して、ザビーネは答えた。

「処女のまま初陣で命を散らすのは騎士としてあまりにも虚《むな》しい。この虚しさはどこにある？　処女だから！　ならば処女でなくなってしまえばいい！　みんなして売春宿に行って、そこの男でこの処女を切って捨ててしまおう。昨日の初陣前の決起式典でそう全員で話し合い、この嘆願を決意したのです」

返す言葉が出てこない。

もはやヴァリエールは叫び疲れていた。

椅子に、腰を降ろす。

アレだ。

アホだ、コイツ等。

知ってた。

私なんかどうせスペアだものね。

こんな家からも見放された真正のアホ共しか、与えてくれないわよね。

どこか儚《はかな》い笑顔で、ヴァリエールはそう自嘲した。

そして、小さく呟いた。

「……私も、処女だよ」

「おお、ならば」

ザビーネはそのキラキラとした、まるで星を鏤《ちりば》めたような眼《め》を大きく開きながら。

叫んだ。

「一緒に行きましょう、売春宿に！」

「行くか馬鹿者が！」

ヴァリエールはとうとう耐え切れず、椅子から立ち上がってザビーネの襟首を摑《つか》んだ。

そしてザビーネの首をぶんぶんと振らせ、言い聞かせる。

「売春宿なんぞ自分の金で行きなさい。自分の金で。ね？」

「わ、我ら第二王女親衛隊の隊員たちは隊長である私を含めて、法衣貴族としては全員一代騎士の最低階位。給金など、格式に相応《ふさわ》しい生活や従軍準備を整えますと、自分達が食っていけるだけの扶持《ふち》しか貰《もら》っておりませぬ。性病にまでちゃんと気を遣った高い売春宿に行く金など……」

「貴女達に金がないのは知っているわよ。だが仮にも騎士でしょうに！　青い血でしょ

う!?　各領地から宮廷に差し出された侍童を口説けとまでは言わなくても、平民の男子一人を口説くくらいなんとかならないの？」

　ああ、声帯が切れそうだ。

　ヴァリエールは胃をキリキリと痛めながら、今度は声を枯らす心配までしなければならなかった。

「我らは騎士！　青い血であります。青い血としては、決して平民と交わる事等《など》できませぬ！」

「売春夫はいいの!?」

「売春夫は職業だから良いのです！」

　そんな割り切りはいらなかった。

　欲しくはなかった。

　ヴァリエールは、ザビーネの襟首から手を放し、自分の顔を両手で覆う。

　もう童のように泣いてしまいたかった。

「じゃあ、あれよ。ほら、えっと……何だ」

　何を言おう。

　コイツ等阿呆の癖に、変な騎士としてのプライドはあるからややっこしい。

　このチンパンジーどもめ。

　ヴァリエールは心中で罵りながら、きょとんとした顔のザビーネを、顔を覆った指の隙間から見やる。

そして心の底からの言葉を口に出した。

「もう処女のまま、初陣で全員死になさい」

そうしてくれれば、ヴァリエールにとっては何より有難かった。

「何故《なぜ》、そんな殺生な言葉を!?」

ザビーネは驚愕《きょうがく》した。

そんな酷《ひど》い言葉、聞いた事がない。

そんな面持ちであった。

いや、お前らが親衛隊となってからこの4年の間に、似たような事散々言ってきたと思うぞ私。

もう死ねよ。

死んでくれよ。

私の側近はファウストだけでもういいや。

そう決意させる程に。

この4年は、ヴァリエール第二王女を胃痛持ちにさせただけの、そんな凄惨な4年間であった。

ヴァリエールは思う。

コイツ等騎士より、ファウストの従士長のヘルガの方が絶対有能だよ？

そもそも、コイツ等って騎士教育本当にちゃんと受けたの？

教育放棄されてない？

されてるよね絶対に。

もう面倒になって、皆が皆して、第二王女親衛隊と言う名の姥捨《うばす》て山に捨てたんだよね。

実は猿山で拾ってきたチンパンジーだったよとか、そんな可能性は残ってない？

ヴァリエールは親衛隊の事を、青い血として以前に人としての出自すら、もはや疑っていた。

だが、そこで立ち止まる。

「いや、チンパンジーの方がまだ賢いわ」

ヴァリエールは、チンパンジーの知性を信じる事にした。

ウキィ、ウキィと鳴きながら私の前にひれ伏す15匹のチンパンジー。

その方が現実よりも、まだマシだった。

ああ、胃が痛い。

「ヴァリエール第二王女殿下、どうか、どうか我々を見放さないでください。親からも見捨てられ、家から追い出されるようにして来た身が第二王女親衛隊なのです。どうか！」

ザビーネが、ヴァリエールの足元に縋《すが》りつく。

ザビーネ達《たち》親衛隊と、ヴァリエール第二王女を繋《つな》ぐのは王家への忠誠ではない。

いらない子。

必要のない子。

そういった共感であった。

だからこそ、ヴァリエールはザビーネ達、ヒト科チンパンジー属を見捨てないでいた。

だが、もう限界だ。

しかし——そもそもコイツ等《ら》、何か勘違いしてないか？

初陣とはいっても、相手はただの山賊だぞ。

私はザビーネに言い聞かせるように口を開く。

「そもそも、初陣で死を考える必要はないわ。補佐してくれるのは第二王女相談役、ファウストよ。１００を超える山賊たちの首を刎《は》ね、ヴィレンドルフ戦では蛮族のレッケンベル騎士団長を討ち取った。我が国最強の騎士ではないかとも噂《うわさ》される『憤怒の騎士』なのよ」

そう、ヴァリエール第二王女相談役。

『憤怒の騎士』、ファウスト・フォン・ポリドロ。

あの男が傍《そば》にいる限り、このヴァリエールは死ぬ可能性などハナから考えてもいない。

リーゼンロッテ女王や、アナスタシア第一王女ですら考慮に入れていないであろう。

「死ぬ可能性を考える暇があるなら、剣の腕でも磨いておきなさい！」

「そうだ、ポリドロ卿《きょう》がおられましたな！」

ぽん、とザビーネは今思いだした、といった風情で手を叩《たた》く。

あ、絶対ろくでもない事言いだすぞ、このチンパンジー。

私には判《わか》るのだ。

この4年間の経験で。

そうヴァリエールは考えた。

「ポリドロ卿に我ら15人の処女の相手をしてもらいましょう。ヴァリエール様もどうで——」

そうして、無言で傍に置いてあった花瓶をザビーネの頭に打ち付けた。

※

「はあ、親衛隊隊長ザビーネ殿は怪我《けが》を」

「重症よ。頭部の重症」

アンハルト王国、王宮。

ヴァリエール第二王女専用に与えられた居室にて、ファウストはポリポリと頭を掻《か》いた。

「初陣の打ち合わせをしたかったのではありますが——頭を強く打たれたのでは仕方ありませんね。初陣には間に合うのですか？」

「間に合わせる。だけど今はマトモな話し合いはできないわ。初陣の打ち合わせは私達だけで済ませましょう」

「承知しました」

私は頭を下げて礼をし、従士長のヘルガが引いた椅子に座る。

そうして、テーブルに載ったアンハルト王国内の地図を見る。

「場所はアンハルト直轄領、その領民100程度の小さな村に派遣した代官の報告によれば、山賊の数は30」

「30相手ならば、私の領民の20と親衛隊の15でなんとかなりそうですね。正直、安全を考えれば敵の倍数は欲しいところでありますが」

「姉さまの指揮下とはいえ、倍数のヴィレンドルフを撃退したファウストがそれを言うの？」

ポリポリと。

私はまた頭を掻きながら、呟《つぶや》く。

あの戦はまさに死地であった。

レッケンベル騎士団長を討ち取らなければ、そのまま負けていたであろう。

正直、二度と経験などしたくない。

私は首をぶんと振り、過去を忘れ、話を元に戻す。

「この世に必勝など有り得ませんからね。できれば、領民を領地より呼び寄せたいのですが――」

「すでに村周辺をうろついて、旅芸人や商人を襲っているという話。その時間はないわ」

「なら、致し方ありませんね」

私は領民の更なる動員を断念した。

何、この世というのはままならない事ばかりだ。

それに正直言えば、山賊の30程度なら一人ですら、なんとかできる自信が私にはあった。

『憤怒の騎士』という二つ名はその名づけの理由が理由ゆえ——実際は勃起が痛くて顔を赤く染めてただけ。

後は、一騎打ち相手が有り得ぬほど狂ったように強くて、痛みすらも忘れ、本気で死に物狂いで戦ってただけ。

とにかく恥ずかしい二つ名なのだが、自分の騎士としての戦闘技量がもはや超人の段階に入っている事も自覚していた。

「では出立は3日後という事で」

「ええ、兵糧の準備も終わった。水の確保も、地図の道沿い通りに行けば問題ないわ」

「我が領民は軍役に慣れてはいるものの、徒歩のため、進行に遅れが出る可能性がある事をご了承ください」

「……恥ずかしながら、我が親衛隊も全員徒歩よ。馬なんて用意するお金がないの。馬に乗るのは私とファウストだけね」

ヴァリエール第二王女が顔を赤らめながら言う。

私は苦笑いした。

貴族とはいっても下の方、最低階位の窮乏具合は知っている。

何も恥ずかしがる必要はない。

馬を全員持っている、第一王女親衛隊の方がむしろ異様なのだ。

それに――

「久々に、第二王女親衛隊の方々と御会《おあ》いするのが楽しみです」

私が、2年前に一度会ったきりの少女たち。

まだ幼いとすら感じた少女たちが、18歳という嫁にも娶《めと》れる年齢になっている事に胸を膨らませた。

私が狙える、数少ない嫁候補の女性たち。

「え、ええ、そうね。ちゃんと、ちゃんとファウストの前ではキチンとさせるからね」

何故か、ヴァリエール第二王女は手で胃を押さえながら、私の言葉に答えた。

第9話　初陣における心構え

「やっぱり駄目だったよ！」

第二王女親衛隊隊長、ザビーネはさも残念そうな声で叫んだ。

親衛副隊長のハンナは答えた。

「いや、そりゃまあそうでしょうね」

素朴な顔をした、そばかす痕が残った顔を顰《しか》める。

右手で短髪に刈り上げた髪を撫《な》で、ザビーネの頭の悪さに頭痛がする。

ハンナは、何もかもヴァリエール第二王女殿下の御言葉《おことば》が正しいと考える。

納得できる回答であった。

よしんば、ヴァリエール様が了承したとしても、財務官僚が歳費をこの理由で、売春宿に通う費用という理由で通すはずがない。

ハナから期待していなかった。

それでも止めなかったのは、もしかしたら……という希望であった。

親衛隊全員が、未《いま》だ18歳にして処女たちの希望であった。

もしかしたらを期待してしまった。

それは罪なのだろうか。

「だが、代わりにいい事を聞いたぞ。いや、思いだしたというべきか。ポリドロ卿だ！」

「ポリドロ卿？」

第二王女相談役。

曰《いわ》く、ヴィレンドルフ戦役における騎士個人としての最高武功を成した男。

アスターテ公爵すら詰みだ、と諦めかけた場面で、戦況を個人武勇で覆した男。

この国、唯一の男性騎士。

「ポリドロ卿がどうしたのよ？」

「判ってないな、ハンナ。ポリドロ卿だぞ、神聖童貞だぞ、領主騎士だぞ」

「はあ」

言わんとする事が判らない。

この第二王女親衛隊行きつけの安酒場には、15人全員が揃《そろ》っていた。

せめて初陣前に酒を飲もうと、それぞれ財布の底を漁《あさ》って銅貨を銀貨に変えて、酒樽《さかだる》を一つ買い切って。

この安酒場を15人で占拠していた。

ハンナは酒場を見渡して、どいつもこいつもしみったれた顔をしているなどと考えた。

もちろん、それはハンナ自身も含む事は理解していたが。

「このアンハルト王国、ひょっとすれば最強の騎士かもしれない男だぞ」

「知ってます」

耳にタコができる程、吟遊詩人から英傑歌を聞いたわ。

ヴィレンドルフ戦役において、若かりしアスターテ公爵がヴィレンドルフ相手に唯一犯した戦術面での失態。

一時的な後方地域の崩壊。

より詳しく言えば、戦略拠点であるアナスタシア第一王女の拠点が蛮族の斥候《せっこう》に発見され、静かに浸透してきた30の精鋭による拠点への攻撃。

それによる通信機――魔法の水晶玉の一時的な不通。

水晶玉から響くのは剣戟《けんげき》の音と、死者の絶叫のみ。

まさかアナスタシア第一王女が殺されたのかと、アスターテ公爵の動揺が指揮下の常備兵に伝わってしまい、部隊は士気崩壊を起こし混乱した。

その動揺を狙い撃つかのようにして、倍数のヴィレンドルフ兵がアスターテ公指揮下の軍を包囲。

その最中、唯一状況を理解したポリドロ卿は、死地から脱出するため僅か領民20名ばかりを率いて50名の騎士団相手に突貫。

道を塞いだ雑兵を自ら剣で薙《な》ぎ払い、騎士9名を打ち破り、蛮族の前線指揮官であった――レッケンベル騎士団長を一騎討ちにて討ち取り、その首を奪い取らず丁重にその場で返却し。

「強き女であった。私はこの戦いを生涯忘れないであろう」という言葉と共に、血染めのチェインメイル姿に憤怒の表情で、硬直する敵兵達《たち》を無視して自陣に帰還してきた。

前線指揮官が倒れ、蛮族は一時的に硬直、停滞する戦場。

その間に、拠点にて敵を撃退したアナスタシア第一王女との通信は回復し、アスターテ公爵指揮下の常備兵達は士気を取り戻した。

絶対不利の戦況を、その個人の武勇によって覆した男。

そりゃ英傑歌にもなるわ。

そもそも男性騎士と言うのが、吟遊詩人にとって最高の題材すぎる。

「でもポリドロ卿《きょう》は2mの身長で、筋肉質でガチムチの男じゃないですか」

一人の親衛隊が口を開く。

私は、余り好みじゃないなあ、の意である。

ハンナは同じ第二王女派閥への侮辱は良くないと考えたが、この程度の猥談《わいだん》は好みの範《はん》疇《ちゅう》である。

「でも、尻は最高峰だってアスターテ公爵は公言してるし。判ってないな。男はなんといっても尻だよ、尻」

もう一人の親衛隊が口を開く。

私は、尻派であるとの意である。

どうでもよいが、アスターテ公爵の発言は、本能が抑えきれず実際にポリドロ卿の尻を揉《も》み「ああ、ポリドロ卿の尻は一度揉んだがとにかくよかった。私はもう、尻もみの事ときたら、全く夢中なんだ。いよいよこんどは、地獄で尻もみをやるかな」という、怒り狂ったポリドロ卿指揮下の領民に取り囲まれながらの狂気の発言であり、それは吟遊詩人の狂歌だと世間には思われていたが――

全て事実であった。

アスターテ公爵はポリドロ卿に尻揉み代、謝罪金を支払う事で、地獄からは何とか逃れた。

そして話は親衛隊に戻る。

「男はチンコだろ、チンコ。チンコついてりゃそれでいい。もうなんでもいい」

更にもう一人の親衛隊が、また口を開く。

彼女は断然チンコ派であった。

つまり、猥談であった。

完全に猥談に進化――いや、退化していた。

この親衛隊はいつもそうだ。

口を開けば猥談ばかり、暇さえあれば訓練所にて剣や槍《やり》を振り回している。

脳味噌《のうみそ》筋肉であった。

チンパンジーであったのだ。

いや、その表現はチンパンジーに失礼とさえ言えよう。

だが、ザビーネ達親衛隊はそんな世間の評価を一顧だにしなかった。

誇り高いのではない。

ただの恥知らずであった。

唯一、それを恥ずかしいと思うのは、副隊長であるハンナぐらいのものである。

「貴女達《あなた》、よしなさい。同じ第二王女派閥である領主騎士をそのように猥談の範疇に収めるなど、もう……」

ハンナは頭痛がした。

ザビーネが交ざると、誰もが少しおかしくなる。

困るのは、ハンナとて、時々このくだらない話題に交ざりたくなるのだ。

くだらない、馬鹿な話を楽しむのは、この小さな第二王女親衛隊の隊員としては、決して嫌ではなかった。

「もう一度言う、お前等《ら》。ポリドロ卿だぞ、神聖童貞だぞ、領主騎士だぞ」

「だから、それがどうしたのよ?」

ハンナはたまらなくなって、疑問を口に出す。

だから、ザビーネは何が言いたいのか。

法衣貴族の最低階位で構成された我らとて、身内を猥談の対象にするのは良くないだろうに。

それを問う言葉であったが――

「ポリドロ卿の嫁になれば――この貧乏生活から逃げ出せる」

シン、と安酒場が静まり返った。

親衛隊の15人が口を噤《つぐ》んでいた。

そして、それぞれ勝手な思惑を考えていた。

妄想である。

それは、紛れもなく妄想であった。

一代騎士の最低階位の自分が、領主騎士になれる！

童貞の夫が、手に入る。

それは、自分達にとって夢のまた夢のような話だ。

「諸君、私達はわずかに15人。最低階位の一代騎士にすぎない！」

だん、と親衛隊隊長であるザビーネが、テーブルを叩《たた》く。

テーブルに載っているエールが僅かに漏れた。

「しかし、しかしだ。諸君らは性欲に燃える、自分が一騎当千《いっきとうせん》だったらいいなあと妄想する戦争処女だと私は知っている」

あ、エールが勿体《もったい》ない。

ザビーネはそんな感じで、テーブルにこぼれたエールを舐《な》めようとしながらも。

――自分はこれでも青い血なんだぞ、とそれを止め。

次にテーブルを叩いた時にはエールが漏れないよう、それをグビリと飲み干す。

「げぷ」

ザビーネはゲップをした。

一気飲みの代償であった。

ハンナはそれを、ゴミを見るような目で見つめている。

ゲップを吐き終え、ザビーネはまた喋《しゃべ》り出す。

「ならば、我ら15人は敵同士。もはやこの場で憎み合う相手となる！」

ポリドロ卿の嫁になれるのはただ一人。

当然、我ら親衛隊15人はもはや敵同士であった。

死んでくれ、かつて我が友であった女よ。

ハンナ以外の全員が、お互いに睨《にら》み合う。

「だがしかし！　だがしかしだ！　もう一つ手がないでもない」

ザビーネは親衛隊を落ち着かせるように次の言葉を吐き、そして提案する。

「今からポリドロ卿の所に行って、処女を捨てさせてくださいと、全員で土下座してお願いしよう。そうすれば初陣前に処女を捨てる願いだけは叶《かな》うかもしれないよ」

「それは嫌です」

ある親衛隊員の一人が返した言葉。

それはザビーネを除いた、全員の総意であった。

何だかんだ言ってクソ甘いヴァリエール第二王女殿下に、今度こそ確定でブチ殺されるもの。

そんな総意であった。

ともあれ、初陣である。

初陣では、我らがヴァリエール第二王女殿下と、将来の夫（妄想）であるポリドロ卿にいいところを見せなければならない。

だから、一時的に猫を被《かぶ》っている事にしよう。

できるかどうかは判《わか》らないが。

正直、自分でも自信はないが。

いや、本来の自分の方がポリドロ卿はひょっとして好みなのではないかな。

そんな身勝手な妄想を抱きながら――

15人の第二王女親衛隊は、宴会を御開《おひら》きにし、安酒場を後にした。

「この親衛隊には戯《たわ》けしかいないの？」

親衛隊副隊長であるハンナは、悲しそうに呟《つぶや》いた。

※

私は姉上が、大の苦手である。

その美貌に相反するような、蛇の、爬《は》虫《ちゆう》類《るい》じみたその目の眼光が、私を射抜くと動けなくなるのだ。

というか、誰だってそうじゃないのかな。

あのファウストですら、姉上の事は苦手そうにしていた。

姉上である、アナスタシア第一王女が口を開く。

「ヴァリエール」

「何ですか、姉さま」

私は、その視線を合わせないようにして答えた。

何故《なぜ》か、私は姉上の——第一王女専用の居室に呼ばれて、長椅子に黙って座っていた。

まさか、いきなり殺されはしないだろう。

殺すなら、もっと前にやっている。

そんな事を考えながら、ヴァリエールはやはりビクビクとした自分の心境を抑えきれないでいた。

「今から初陣における心構えを教えます。よくお聞きなさい」

「はい」

初陣の心構え？

まさか、姉上が妹に親切心を出した。

いいや、まさかな。

私は子供の頃、何時《いつ》も姉上の視線に怯《おび》えながら、父上の影に隠れて逃げ回っていた。

今思いだせば、それが余計に姉上の怒りを買っていたのであろう。

その事実に気づいたのは、父上が亡くなり姉妹の会話が少なくなってからの話であるが。

「戦場では何が起こるか判りません。事前に得た情報に齟齬《そご》が生じ、ほんの数時間後には間違っている事があります。後方の安全圏にいると思いきや、突如として敵の精鋭が襲い掛かってくる事があります。——そして」

姉上が、目を閉じながら、何かを想《おも》いだすように呟く。

「自分にとっての愛する人間が、死ぬ事すら平然と起きます」

「……」

私は沈黙する。

姉上が、愛する人を亡くした？ この世に我が父一人ぐらいのものだと思っていたのだが。

「ヴァリエール、貴女、私の感情が木や石でできていると思っているのですか？ 父上以外にも愛する人などおります」

心中をあっさり見抜かれた。

だから嫌なのだ、姉上と話すのは。

私はオドオドとしながら、姉上に質問する。

「姉さまは——、愛する者を戦場で失った事が？」

「ヴィレンドルフ戦役。そこで、本陣に敵の浸透してきた30の精鋭が押し寄せ、才能ある親衛隊30の内、10名をも失いました。全て、私に忠誠を誓う貴重な人員でした。……使える人材であったのに」

いや、それを愛する人と言うのか。

姉上の発言からは、情というものがやはり感じ取れない。

本当に愛する人とそれを言うのか？

私は疑問に思いながらも、初陣経験者の貴重な体験談だ。

ファウストからも聞けたが、アイツ初陣から「敵山賊30名の内、20名を自分で斬って捨てました」とか殆《ほとん》ど英傑談のようで参考になんない。

後は山賊と繋《つな》がっているらしき怪しい村の村長を拷問して、口を割らせる方法とか。

いや、それは今回使うかもしれないが、そんな知識、欲しくはなかった。

ファウストは、真面目で朴訥《ぼくとつ》ではあるが、どこか少しズレている。

「まあ、補充はヴィレンドルフ戦役の後の、この2年の間に行えましたので良いのですが」

そんな私の思考を無視して、姉上の言葉は続く。

やはり情は感じられない。

姉上は、父上以外の人を本気で愛した事などあるのだろうか。

良く判らない。

今は自分の相談役のファウストに目を付けているようだが、それは私と違って——父と似た、面影。

それを求めてのものでは、きっとない。

やはり、我が王国最強騎士である「憤怒の騎士」を指揮下に置きたいからであろう。

そう思う。

「ヴァリエール」

名を呼ばれる。

「貴女は、愛する者が目の前で死にゆく状況下でも、冷静に対処する事ができますか？」

「……」

それは姉上の視線と相まって、まるで詰問のようであった。

私にとって愛する者？

それは一体誰であろう。

チンパンジーたち、第二王女親衛隊か。

それともファウスト・フォン・ポリドロの事か。

判らない。

私には、姉上が何を言いたいのかよく判らなかった。

「――私の初陣における心構えの教練は以上です」

「え」

もう終わりなのか。

僅か数分で終わった気がするのだが。

私は呆気《あっけ》にとられながら、姉上の顔を見る。

相変わらず、目が怖い人だった。

「ヴァリエール。ここから出ていきなさい。自分の居室に戻りなさい」

「はい」

視線を合わせてしまった私は、黙って頷《うなず》く事しかできなかった。

第10話　初陣式

「あの子に、初陣における心構えを教えたそうですね」

私はカップの中の紅茶から唇を離した後、アナスタシアに話しかける。

ここは王宮の庭先のガーデンテーブル。

目の前には我が娘であるアナスタシアが、いつもの蛇の眼光で私を見据えながら、同じく紅茶を喫していた。

「どこからその話を？　母上」

「ヴァリエール本人からですよ。先日初陣に出る前に話しかけたところ、そのような事を」

紅茶に口をつける。

そしてそのまま口に含んで、一口分飲み干した後に。

再度、口を開く。

「私達《たち》の会話から侍童にそれが漏れて、法衣貴族の間では話題になっていますよ。あのアナスタシア第一王女殿下にも、妹にかける情があったのかと」

「失礼な。情はあります」

アナスタシアは、いつもの鉄面皮《てつめんぴ》で吐き捨てた。

「もっとも、自分でもなんでこのような事をしたのかは判りませんが。私はあの子が嫌いです」

「あら」

アナスタシアが、自分の心の内を、その好悪を率直に述べるのは珍しい。

少し、感情的になっているのであろうか。

「子供の頃は、いつも私に怯えて父上の影に隠れてばかり。父上が亡くなってからも、いつも私の顔色を窺《うかが》ってオドオドして。ハッキリ言います。嫌いです」

我が娘、ヴァリエールは凡人に育った。

まるで、先に産まれたアナスタシアに才能の全てを奪われたかのようにして。

あの子がもはやスペアとしても相応《ふさわ》しくないと、私が女王としての立場からあの子を見限ったのは、あの子が10歳の頃の話である。

アナスタシアのもしもの事があった時――つまり死んでしまった時は、第三王位継承者であるアスターテ公爵にこのアンハルト王国を継いでもらおう。

そう考えてすらいた。

アナスタシアが16歳まで立派に育った今となっては、もはや無用の心配となりつつあるが。

「そういえば、あの子はよく幼い頃ベッドに潜り込んで来たわね。懐かしいわ。夫にしがみ付くようにして眠っていた」

おかげで、今は亡き夫との夜の営みが、あの子が生まれてからというもの少し減った。

――少し、恨んでいる。

もっとも、あの人が毒殺されるような事がなければ、恨みに思うような事などなかったろうが。

未《いま》だに犯人は見つからない。

どうしても、諦めきれないでいるのだが、調査にも人員と費用がかかる。

そろそろ、諦め時か。

憂鬱なため息をつく。

そして、また口を開く。

「貴方《あなた》、ヴァリエールの事を本当に嫌っているのね」

アナスタシアが、私の言葉に回答する。

「……さすがに死んで欲しいとまでは思っていません。あれでも父の子です」

アナスタシアには、複雑な心境があるようだ。

それはヴァリエールを可愛《かわい》がっていた亡き夫に対する義理ゆえなのか、それとも妹への家族愛なのか。

それは私にも判《わか》らない。

判らない事を、情けない――とは思わない。

私は母親である前に、選帝侯たるアンハルト王国のリーゼンロッテ女王である。

為政者として、統治者として必要なものは情ではない。

むしろ、情への理解は時として邪魔にすらなり得る。

ヴァリエールは能力も平凡ながら、それ以上に情があり過ぎた。

あの子をスペアとして見限ったのも、悪いとは思わない。

私が判断を誤る事は、臣民に対する裏切りである。

限りなく強く、誰よりも賢くあらねばならない。

まあ、それはよい。

話を少し変える事にしよう。

この国の未来の事だ。

「……吟遊詩人。吟遊ギルドに戦略ではアナスタシア、戦術ならばアスターテ、そう謳《うた》わせたのはよかった。これで、自然と序列が決まった」

「あれは、母上の仕業《しわざ》でしたか」

吟遊ギルドに金を握らせて、そう謳わせた。

国家中枢を将来担うのはアナスタシア第一王女であり、アスターテ公爵はその手足となって見事に働く者であると。

それが各々が持つ能力からして、正しい姿であると。

そういう風に、国内世論を誘導した。

このアンハルト王国には第二王女派閥がない代わりに、かつて公爵派閥とも言うべきものが存在した。

アナスタシア第一王女より、アスターテ公爵を王にという声は公爵領からも、公爵が抱える強力な常備兵に世話になっている地方領主達からも挙がっていた。

ヴィレンドルフ戦役前には、確かに存在した派閥。

今、それはもうない。

ヴィレンドルフ戦役後には、完全に第一王女派閥として吸収されていった。

もっとも、それはアスターテ公爵自身が王位など別に望んでいない事が、大きく影響していたが。

それでもきっと――もし、ヴァリエールが王位に就いたとしたら。

「ねえ、アナスタシア。仮にヴァリエールが貴方の代わりに王位の座に就いたとして、アスターテは従うと思う?」

「思いません。おそらく国のため公爵領のため、趣味に合わないとブツブツ呟《つぶや》き、嫌々ながらも王位を簒奪《さんだつ》するでしょう。ヴァリエールでは勝負にすらならないと思います」

そうよねえ。

自分の考えをアナスタシアに肯定され、やはり自分の判断は間違いではないと納得する。

アスターテ公爵は、ハッキリ言ってヴァリエールの事を見下してすらいる。

嫌いなのだ、凡才が。

逆に、例えばファウスト・フォン・ポリドロのように、星のように煌《きら》めく才能の持ち主への、嫉妬の欠片《かけら》すらない好意は、私でも理解できないものがある。

事実、王位を争うべきアナスタシアへ、アスターテ公爵は好意を昔から寄せていた。

第一王女相談役になるのも、彼女自身から言いだした事だ。

自由人なのだ、要は。

アスターテ公爵の事を一言で表すと、誰もがそうなる。

爵位やしがらみから少し外れたところで、自分が思うがままに自由に生きているのだ。

少し、羨ましく思う。

私も自由になりたい時がある。

――ファウスト・フォン・ポリドロ。

時々、今は亡き我が夫の生まれ変わりではないかと錯覚する時すらある。

事実、ヴァリエールが自分の相談役を見つけたと、ファウストを王宮に連れて来た時は思わず錯覚してしまった。

年齢的に、そんなはずはないのに。

欲しい。

あの男が、ただ欲しい。

「……」

冷めてしまった紅茶を、最後まで飲み干す。

それは私のゆだった頭を静めてくれた。

手に入るはずもない。

我が娘、アナスタシアがあの男に執着している。

亡き夫の影を、私と同じように見たのか、純粋に愛しているのか。

それは知る由もないが。

「アナスタシア」

名を呼ぶ。

「はい」

それに応じて、アナスタシアがその蛇のような視線を、私と合わせた。

「ヴァリエールが初陣から帰ってきたら——貴方にいつ女王の座を譲るべきか、そろそろ決めましょう。おそらくは夫を取るのと同時のタイミングになります。貴女《あなた》が欲しいのは、ファウスト・フォン・ポリドロ？　正式な夫としては認められないわよ」

「はい。正式な夫とするのは諦めております。そして、どうやらアスターテと共有する事になりそうですが」

アナスタシアは、私の言葉を当然の事であるかのように応じた。

※

「見送り一つなし、か」

姉上の、アナスタシア第一王女の初陣では王都中の住民達が溢《あふ》れかえらんばかりで、第一王女とそれに従う親衛隊たちを見送ったというのに。

それはない。

まるでこっそり、隠れているかのように誰の見送りもなしに、私は王都から初陣へと旅立った。

まあ、蛮族ヴィレンドルフ相手の大戦とは違う。

ただの山賊退治で住民の見送りがあるはずもない。

そして、我が親衛隊15名は家に見放されたものばかりだ。

家族の見送りがない。

ゆえに、見送りが一切ないのも当然である。

「リーゼンロッテ女王とは初陣前に会話したのでしょう？　アナスタシア第一王女から初陣の心構えを教えて頂いたとも聞きます」

慰めるように、私の横で座るファウストが呟く。

母上とは、日常でする、ただの会話だ。

初陣への激励一つ貰《もら》っていない。

姉上とは――正直言ってよく判らない。

姉上の会話は、あまりにも端的すぎるのだ。

最後にはまるで会話するのが面倒臭くなったかのように、話を打ち切られてしまった。

だが、ファウストを失望させたくはない。

「ええ、そうね」

私は自分の顔を、心とは裏腹に笑わせた。

それにしても、だ。

「ポリドロ卿《きょう》の領民より足が遅いってどういう事よ、ザビーネ！」

「装備が重たいんですよ！　チェインメイルが特に！」

「チェインメイルなら、ポリドロ卿の従士達《たち》も装備してるでしょーが！」

我が親衛隊長、ザビーネの言い訳を一言で切って捨てる。

遅いのだ。本当に遅いのだ。

今は予定にすらない休憩中で、ザビーネ達親衛隊は地面にへたり込んでいる。

いつもの元気の良さはどうした。

お前等脳味噌《らのうみそ》筋肉だろう？

お前等チンパンジーから元気を奪えば、もはや何もそこには残らないぞ。

無だ。

無がそこにあるだけだ。

「行軍は、慣れですから。初陣のザビーネ様達が疲れるのは無理もないと思います。何、行軍中に慣れます」

ポリドロ領従士長のヘルガが、慰めるように声をかけてきた。

情けない。
本当に情けない。
顔が真っ赤に染まりそうになる。
「まあ、初陣ですから」
ファウストの慰めの言葉が、虚《むな》しく聞こえた。
初陣で20名を斬り捨てた男に言われても、何の慰めにもならない。
全く、もう。
とはいえ、馬に乗っている私も軽く疲れていた。
王都から出たのは、産まれて初めてだ。
それがこんなにも緊張感をもたらすとは。
道行く中にそびえたつ木々に、盗賊が潜んでやしないか。
突然、迷い込んだ熊が襲ってきやしないか。
そんな事ばかり考えている。
臆病なのだ、生まれつき。
子供の頃から、あの恐るべき姉上と、向き合う事すらできなかった。
いつも父上の影に隠れて、そのズボンの裾を摑《つか》んで、姉上の視線から逃れていた。
父上が好きだった。
私はファウストの顔を見る。

「……？　ヴァリエール様？」

ファウストが訝《いぶか》し気《げ》な声を挙げる。

それを無視して、ファウストの顔を私は見つめる。

落ち着く。

我が父上を想《おも》いださせ、落ち着くのだ、ファウストの顔は。

自分の、永遠に失われた幼少時代を思い起こさせる。

——父上の毒殺とともに、永遠に失われた幼少時代を。

うん。

何故《なぜ》、父上は亡くなってしまったのであろう。

何故だ。

誰に殺された。

父上は、誰からも愛された人であった。

法衣貴族にすら、その容貌を揶揄《やゆ》する人はいても、心の底では親しまれていた。

何故だ。

母上が、リーゼンロッテ女王が半ば発狂しながらも、人員、費用問わず捜し出そうとしても見つからなかった犯人と原因が、今更見つかるはずもない。

心の底から残念だ。

父上の仇《かたき》ならば——私ですら、悪鬼になれたかもしれないのに。

そう思う。

この臆病な薄皮一枚を破れたかもしれない。

この、どうしようもない、幼少の頃から張り付いた、臆病な薄皮を。

「ヴァリエール様、どうかされましたか」

ファウストの言葉に、気を取り直す。

亡き父上の事は仕方ない。

もう諦めてはいる。

そろそろ母上は犯人の捜索を、打ち切るだろう。

冷静になった母上なら、きっとそうする。

凡人の自分でも、それぐらいの事は理解できた。

「なんでもない、なんでもないんだよ、ファウスト」

世の中は、思うとおりに進まない。

産まれた時から知っている事だ。

この、アナスタシア第一王女に才能の全てを奪われたのではないか、と法衣貴族に揶揄される凡人の私にとっては、生まれた時から知るべきだった事だ。

だが、この張り付いた臆病な薄皮一枚を剝《は》がす事だけは、死ぬまでにしておきたかった。

もし、この初陣が上手《うま》くいくのであれば――剝がす事ができるのだろうか。

ヴァリエールはそんな事を考えながら、身体《からだ》を少し休めるべく、静かに目を閉じた。

第11話　初陣失敗？

アホだ、コイツら。

ファウスト・フォン・ポリドロは、第二王女親衛隊をやや蔑《さげす》んだ目で見ていた。

リーゼンロッテ女王による、スペアに対するミソッカスの廃棄場所。

かつて自分でも口にしたように、第二王女親衛隊はそういう奴等《やつら》なんだと認識していた。

まさか、それ以上に酷《ひど》いとは思わなかった。

「人から聞いた話では！　ヴィレンドルフのチンコは特大チンコ！　うん、よし！　感じよし！　具合よし！」

猥歌《わいか》である。

第二王女親衛隊15名は、行軍初日でへたりこんでいた元気のない様子とは打って変わった元気ハツラツの様子である。

コイツ等、行軍に3日で慣れやがった。

私とて最初の初陣での行軍中は、領地から初めて出た気疲れで、動きに精彩を欠いていたものだが。

コイツ等、たったの3日で行軍に慣れやがった。

最初だけ躓《つまず》いただけなのか、それとも精神がどっかイカれてるのかは知らんが。

なんにせよ、繰り返すようだが、第二王女親衛隊は行軍に慣れた。

ヴィレンドルフ戦役にて、騎士団50名に特攻した際、ずっと私のケツに誰一人欠けずついてきた我が領民20名の古強者《ふるつわもの》たち。

その行軍ペースに合わせて行動してくれている。

それはいい。

それは、とてもいい事なんだが。

「すべてよし！　味、よし！　すげえよし！　お前に良し！　私に良し！」

親衛隊15名全員による猥歌である。

これには私も閉口した。

行軍中に歌を歌うのは、まだいい。

なんで猥歌やねん。

「ザビーネ、その歌を今すぐ止《や》めなさい……」

ヴァリエール様は、心の底からウンザリした様子で呟《つぶや》いた。

最前方で歌を歌っていたザビーネ親衛隊長が振り返り、第二王女に言葉を返す。

「ヴァリエール様。お言葉ではありますが、行軍中に歌う事は、遥《はる》か古代から兵に与えられた権利でありますがゆえに」

自信満々の顔で答えた。

アホやコイツ。

そもそも、お前等は一般兵と違うだろ。

一代騎士の最低階位とはいえ、青い血で騎士だろ。

「貴女達《あなた》、兵である前に騎士でしょうが。そもそも……ファウストの前でだけは、止めて」

ヴァリエール様が私の顔色を窺《うかが》いながら、嘆くように呟く。

猥歌はピタリと止んだ。

今更、私が、男性騎士が居る事を思い出したのかよ。

「あれ、でもファウスト。顔を赤らめてないわね。セクハラに弱いって聞いたけど」

ヴァリエール様が、私の顔色を窺いながら呟く。

確かに、世間での私は、アスターテ公爵のセクハラに顔を赤らめる純情な男だと認識されているらしい。

実際はアスターテ公爵の激しいボディタッチ——爆乳を身体に押し付けられた際、勃起したチンコが貞操帯に当たって痛くなって、顔を赤らめているだけだが。

だが、こんな酷い猥歌で顔を赤らめる理由がどこにある。

「セクハラと言いますか、なんというか残念具合に声も出ません」

正直に、心中の言葉を返す。

「御免なさいね、ほんと御免なさいね」

第二王女としての立場の違いを無視するようにして、ヴァリエール様は頭をこちらに下げてきた。

いや、貴女は悪くない。

このアホどもが悪いのだ。

私はため息をつく。

「ポリドロ卿《きょう》、失礼しました。では別の歌を……英傑歌なんてどうでしょう」

「それも止めておきましょう。そろそろ目的地に近い」

私はザビーネ殿が再度歌いだそうとするのを、止める。

もうすぐ目的の村だ。

「敵は――山賊は、村周辺をうろついて、旅芸人や商人を襲っているという話です。これより先は、襲いかかってくる可能性があります。皆さん、警戒を」

私は全員に臨戦態勢を命じる。

あと2時間もしない内に、村につく予定である。

私は従士長たるヘルガを呼び寄せ、ヘルガを含めた従士5名にクロスボウの準備をさせる。

私の領地が所有しているクロスボウ5本は、アンハルト王国で広く用いられる滑車で弦を引く方式のものである。

全て、15歳から20歳までの軍役中に敵の所有物から奪い取ったものだ。

敵に用いられた時は脅威であったが、使ってみればこんな便利な物はない。

上手く当たれば、騎士ですら一撃で殺せる。

板金鎧《よろい》は撃ち抜けずとも、チェインメイルなら撃ち抜けるのだ。

相手が弓矢を剣で弾《はじ》き落とす、超人の類でなければだが。

つまり、アナスタシア第一王女殿下や、アスターテ公爵や、私がかつて破ったレッケンベル騎士団長のような。

そして、私のような。

「クロスボウの準備ができたら、村に向けて行軍を再開します」

敵数は報告によれば山賊30名。

いつもの軍役と変わらない。

恐らく逃げる山賊たちのケツを追い回すには手間を取らされるだろうが、殺すだけなら楽な作業だ。

まずクロスボウを打ち込んで鼻っ柱をへし折った後、全員斬殺してやる。

今回は初陣であるヴァリエール第二王女、そしてその指揮下の親衛隊に花を持たせなければならないのが面倒だが。

何、行軍の様子を見る限りでは実力は本物のようだ。

山賊程度なら、キルスコアを稼がせてあげられるだろう。

ヴァリエール第二王女にも、捕縛した山賊の首一つくらいは刎《は》ねてもらおうか。

そんな事を私は考えていた——正直、油断していた。

クロスボウの準備を終え、村へと向かう最中。

魔法の眼鏡《めがね》。

いわゆる双眼鏡。

今回の初陣に際して、王家に申請して借り受けていたそれをヘルガが使いながら、私に対し報告を挙げた。

「村が、荒らされている様子があります。いくつか死体も」

私は舌打ちをし、荒くれ者とはいえ、たかだか30名の山賊に、王国から派遣された代官に率いられた１００名の村人が負けた理由。

それを頭の中で探し始めた。

ともあれ、急ごう。

警戒は緩めないように。

私は全員に、ヘルガの報告を告げた後、更なる警戒を呼び掛けた。

※

小さな村の、小さな代官屋敷にて。

ヴァリエール様は声を荒らげた。

「山賊の数が１００名を超えていると。いや、そもそも正確には山賊ですらないと！　全く報告と違うじゃないの！」

「誠に、誠に申し訳ありません」

ヴァリエール様の悲鳴のような叫び声。

名と身分を名乗ったヴァリエール第二王女に膝を折り、礼を整えながら代官が謝罪する。

王国から村に派遣されている代官は、腕に重傷を負っていた。

いや、そもそもコイツ何故《なぜ》まだ生きている。

私は疑問をそのまま口に出す。

「それは本当の事か？　村が襲われ、死者多数。僅かな財貨、そして男や少年達《たち》は全て奪い去られた。この状況で、先頭に立って抵抗を指揮していたはずのお前が何故まだ生きている。その時点で信用ならん」

「貴方《あなた》は？」

「ファウスト・フォン・ポリドロ」

「……貴方が、あの憤怒の騎士」

短く自己紹介。

そして私は横合いから、詰問を続ける。

「もう一度聞こう。何故お前は生きている」

「恥ずかしながら、正直に申し上げます。敵のクロスボウで腕を撃ち抜かれ、その後地面に馬から落ちた際に頭を強く打ち、そのまま気絶しておりました」

代官が顔を赤らめながら、自分の恥を告白する。

嘘《うそ》はついていないようだ。

私が軽く頷《うなず》くと、ヴァリエール様が代官に話の続きを聞き始めた。

「……何故、最初の報告と違うの。最初の報告では山賊が僅か30名。村周辺をうろつき、旅芸人や商人を襲っているから助けてくれとの報告だったじゃない」

「状況が変化した後、再度報告に村人を走らせました。その様子では――」

「まだ届いていないわ。今頃、報告を受け取った王城では大騒ぎでしょうね。でも私たちは事情が判《わか》らない。詳しく話して」

ヴァリエール様が、頭を抱えながらも質問を続ける。

正直言って、横で話を聞いている私も頭を抱えたい状況だぞ、これは。

「最初は、確かに山賊30名だったのです。しかし、その山賊団は他の軍勢に吸収されました」

「吸収？　他の軍勢？」

「近隣の、地方領主が有する1000名程度の街で家督争いがあったのです。それも従士達家臣や領民を含めた、血で血を洗うような酷い家督争いが」

嫌な雰囲気になってきた。

続きは聞きたくない。

ヴァリエール様もそんな顔をしている。

「結果は順当に長女が勝ち、次女は敗れたのですが——長女が怪我《けが》を負い、混乱した状況下では、その次女の首を刎ねる暇はありませんでした。結果、次女は指揮下に置いていた従士や領民達と一緒に手にとれるだけの財貨を領主屋敷から奪い取って、武装した姿のまま街から逃げ出したのです」

ほうら、凄《すご》く嫌な話になった。

ヴァリエール様も思い切り顔をしかめている。

「そして次女と、その家臣たちは山賊団に遭遇。そこで何があったのか——どんな話があったのかまでは判りかねます。ですが、結果的に山賊団は吸収され、結果100名の軍勢が出来上がり、この村に攻め込んで来たのです」

「……何故お前はそこまで詳しい事情を知っている」

「その地方領主の長女に指示された領民が、この村に駆け込んで事情を伝えてきたのです。逃げてくれと」

逃げてくれじゃねえよボケ。

お前がキッチリ次女を殺しとけばこんな事態になってないだろうが。

追撃の軍を編成して、キッチリ追いかけて殺しとけよボケ。

第一、下手すりゃ村で生涯を終えるような小さな村の領民が、家を、畑を、全ての財産を置いてそう簡単に逃げられるものか。

私は心中で愚痴を吐き続ける。

「気づいた時には、軍勢が村に迫っておりました。私は抵抗しようと、村人を集め、男や少年たちを代官屋敷に隠し、軍勢に挑みましたが――」

「結果、敗れたと」

　村の惨状は見るに耐えなかった。

　まだ腐臭を放っていない女達の新鮮な死体が散乱し、幾つかの首は子供の玩具《おもちゃ》のように、地面に転がっていた。

「誠に、誠に申し訳ありません」

　代官は涙を流しながら、もはや膝を折るのもやめ、地面に頭を擦り付け平伏していた。

　どうしようもない。

　青い血――今では青い血崩れと呼ぶべきだが、領主騎士のスペアとしての教育を受けた首領に、それに付き従う武装した従士や、恐らく軍役経験者の領民達。

　それに加えて、盗賊としての経験を持つ山賊団。

　しかも数の上ですら負けているのだ。

　これで負けても、責められるべき点はない。

　責められるべきは、次女を逃がした原因。

　この最悪な事態を引き起こした地方領主の長女だ。

　王宮に呼びつけられ、女王陛下に散々罵られるのは確定だろう。

　小さな村とはいえ、直轄領に手を出されたのだ。

ひょっとすれば、封建領主としての地位も危ういかもしれない。

それはさておき、だ。

「どうするか。私はこれからどうするべきなのか。教えてちょうだい。ファウスト」

ヴァリエール様が、懇願する目で私を見ていた。

私の立場は第二王女相談役である。

当然、補佐しなければなるまい。

結論から言おう。

「敵の今後の行動を予測します。まずこの直轄領は敵国ヴィレンドルフの国境線に近い」

「というと」

「敵は１００名と多数。アンハルト王国領内で成敗される前に、国外への脱出を試みる」

「あの蛮族の国に逃げ込むという事ね」

ヴァリエール様の口から、歯ぎしりの音がした。

「どうするの？　兵力が足りない。援軍は来る？」

「援軍は来ます。必ず来ます」

恐らく、公爵領の常備兵２００を現在、王都内に駐留させているアスターテ公爵が来るであろう。

アスターテ公爵の下《もと》、その強力な常備兵２００を相手にすれば、いくら青い血崩れだろうとひとたまりもない。

だが。

出陣準備には時間がかかる。

今頃は大焦りでその準備中であろうが。

「ですがおそらく、援軍は間に合わないでしょう。この村で援軍を待つ間に、青い血崩れ達は、蛮族ヴィレンドルフの領内に逃げ込むでしょう」

男や少年達、それに領主屋敷から奪った財貨を運んでいるのだ。

その足は遅い。

だが、援軍が来るよりは早い。

必ず、青い血崩れ達は――ああ、面倒くさい。

「代官、その次女の名前は何というか判るか」

「確か、カロリーヌと」

カロリーヌか。

「カロリーヌ達がヴィレンドルフ領に逃げ込む方が、援軍到着よりも早い。その現実があります」

「つまり、私は何とすればよい」

ヴァリエール様が、真《ま》っ直《す》ぐ私の目を見つめる。

この事実を伝えるのは正直辛《つら》いが。

「初陣は失敗です。領民20名、親衛隊15名、そして私とヴァリエール様合わせて37名で１０

0を超えるカロリーヌ達青い血崩れを討ち取るのは不可能です。どうか追跡断念の決断を」

本当は、自分ならば勝ち目がないとまでは言わない。

だが、このような不利な戦況下に我が領民を巻き込み、その命を失うのは御免だ。

ヴァリエール様とて、このような戦で親衛隊の命を失うのは本意ではないだろう。

本当に、残念ではあるが。

私は自分の考えを冷徹に、ヴァリエール様に告げた。

第12話　ザビーネの扇動

まず私の脳裏に浮かんだのは、姉上の言葉であった。

「戦場では何が起こるか判りません。事前に得た情報に齟齬《そご》が生じ、ほんの数時間後には間違っている事があります」

姉上の、戦場での心構えにおける言葉。

あの言葉は、まさにその通りだったのだ。

今、それを痛感している。

私は——ヴァリエール第二王女は、歯ぎしりしながら現実を受け止める。

そして相談役であるファウストの言葉を聞いた。

「初陣は失敗です。領民20名、親衛隊15名、そして私とヴァリエール様合わせ37名で100を超えるカロリーヌ達青い血崩れを討ち取るのは不可能です。どうか追跡断念の決断を」

初陣の失敗。

それは不味《まず》い。

お前は知らないだろうが、それは不味いのだファウスト。

お前を、姉上に奪われる。

山賊退治に失敗した場合、ファウストは私の相談役から解任する。

そして姉上アナスタシアの下に付ける。

そう母上から告げられているのだ。

私の心音が、激しく鳴る。

ここで私はお終《しま》いか。

そうさ、お終いさ。

凡人には相応《ふさわ》しい末路だろう。

そう、心のどこかで囁《ささや》く声がする。

相談役である、ファウストが反対しているのだ。

そして、その意見はどこまでも正しい。

お前はここでお終いさ。

もう一度、心の何処《どこ》かが囁く。

相談役であるファウストは姉上に奪われ、私自身は、山賊相手に逃げ帰って来たと事情も良く知らぬ民衆や法衣貴族に嘲笑される事であろう。

俯《うつむ》き、唇を噛《か》み締めながら、王宮を歩く自分の姿が思い浮かぶ。

だが、どうしろと言うのだ？

他に選択肢などない。

反対するファウストや、私に付き従う親衛隊に無駄に命を散らせよとでも？

それはできない。

私には、できなかった。

――そこが私の限界点。

私は、自嘲するように笑みを浮かべた。

「判《わか》ったわ、ファウスト」

撤退を、決意する。

この小さな村の、小さな代官屋敷から出て、王都へと逃げ帰ってしまおう。

そして、アンハルト王国の第二王女、使えないスペアとして、姉上が女王の座を引き継いだ暁には僧院に籠《こ》もってしまおう。

そう考える。

私は代官屋敷から表に出る。

心配そうな顔をしている、ザビーネを引き連れて。

代官屋敷から出ると、そこには――生き残った、この小さな村の住人達《たち》が集まっていた。

「軍の方々。どうか、どうか、我が夫をカロリーヌから、あの悪鬼どもから連れ帰り下さい」

「いいえ、我が息子をどうか。あの子はまだ10歳なのです、どうか」

「どけ、私がお頼みするんだ……そこをどけ！」

嘆願であった。

小さな村の、小さな幸せを奪われた者たちの嘆願であった。

老若問わず、女たちが私にひれ伏して、男達を連れ戻す事を嘆願していた。

私には、それに応《こた》える事ができない。

できないのだ。

ひっ、と怯《おび》える、どこか薄皮一枚被《かぶ》った、オドオドと臆病な自分の姿が顔を出しそうになる。

そんな事、無理だ。

私を頼りにしないでくれ。

頭を抱え、縮こまりたくなる。

誰か、止めてくれ。

代官やファウストが、代官屋敷から表に出てきて、騒ぎを止めようとする。

「止《や》めんか、止めろ、お前等《ら》……」

代官の必死な叫び。

「……」

沈黙し、憐《あわ》れむように、女たちを眺めるファウスト。

「……」

そして、最後に、私の背後に付き従っていた親衛隊長であるザビーネが私の前に立ちふさがり、叫んだ。

「ガタガタ騒ぐな！　この死人共が!!」

人の心の底まで響くような、強烈な叫びであった。

事実、私の心には届いた。

——死人。

私にはお似合いの言葉だ。

そう心の中で、自嘲する。

「死人……？　死人とはどういう意味で」

先ほどまで、私に泣き縋《すが》っていた女の一人が声を挙げる。

「死人は死人だ。他に何と言いようがある」

不思議そうにザビーネは答えた。

ザビーネは何を言っているのか？

私にもよく理解できない。

「お前等、何故《なぜ》まだ生きたフリをしている。何故、あそこに転がっている死体と同じように死んでいない」

ザビーネは、村の中に転がる死体に指をさす。

その死体は酷《ひど》く身体中《からだじゅう》を殴られ、首を刎《は》ねられ、哀れな亡骸《なきがら》を晒《さら》していた。

「あの女は——彼女は、最後まで息子を取られまいと抗《あらが》ったのでございます」

「ならばこそ！　お前等は何故抗っていない！　何故生き恥を晒している!!」

ザビーネの激昂《げきこう》。

ザビーネがここまで怒るのは、初めて見た。

「縋るな！　我が殿下に縋るな!!　何もしてない死人共が、我が殿下の足元に縋るな!!」

もはや悲鳴のように聞こえる、ザビーネの絶叫。

それは私の心の奥底にまで伝わるようであった。

「お前等は死人だ！　最後まで抗わなかった死人が、我が殿下に縋るな！」

「私達が何の罪を犯したと——騎士様は、私達を守ってくれないのでありますか!?」

女たちの悲鳴のような声。

その言葉は正しい。

私達は、彼女達を守るためにここに来た。

「守る！　必ず、攫《さら》われた男や少年達は我が殿下が救い出す!!　いや、助け出したい!!」

ザビーネ!?

顔が思わず驚愕《きようがく》の表情に変わりそうになる。

それを、なんとか止めて、ファウストの手を引く。

ザビーネを止めてくれ。

だが、ファウストはそれに応じず、ザビーネの言葉に耳を傾けていた。

「だが足りん！　我が軍では、本当に恥ずかしながら力が足りんのだ!!」

ザビーネは一体何を言おうとしているのだろうか。

私にはもはや判断がつかない。

「嗚呼《ああ》……せめて、我が軍に力を貸そうという民兵がいれば。自分の夫を、自分の息子を、助け出そうという勇気のある者が居れば。力を貸してくれたら、助け出せたかもしれないのだが」

ザビーネはそう呟《つぶや》きながら、指をさす。

指さしたのは、村中に転がる、酷く身体中を殴られ、首を刎ねられた――

哀れな亡骸達であった。

「お前等死人ではなく！　あの勇気ある女のようにな!!」

ザビーネは、言いたい事は全て言い終えた。

そういった表情で一つ息を吸い、まるで演説のようであったその発言を終えた。

――女たちは、憤った。

「我々は、死人などではない！　だが、どうやって抗えたというのです。私達には武器も何も……」

言い訳である。

ザビーネはそう断り捨てたかのように鼻で音を鳴らし、発言を再開した。

「農具がある。鍬《くわ》で頭を殴れば人は死ぬ。ピッチフォークで腹を刺せば人は死ぬ。事実、そうやって一度は抵抗しようとしたのであろうが」

ザビーネは、首のない亡骸が未《いま》だに握りしめているピッチフォークを指さした。

そのピッチフォークの先端は、敵の乾いた血で血塗られている。

今や死体となった彼女達は抗ったのだ。

死ぬ最後の寸前まで、力を振り絞って。

「お前等は死体だ！　そこで夫も息子も失って、老いさらばえて死んでいってしまえ!!　何、今も老い先も変わらんさ！」

ザビーネの痛烈な言葉。

それに女たちは更なる憤りを見せた。

「ふざけるな……ふざけるなよ!!　何故助けてくれなかった！　何故もっと早く来てくれなかった！　もっと軍が早く来てくれれば今頃は!!」

「んー、死人の言葉は聞こえんなあ。もっとちゃんとした言葉が聞きたい。生きてる人間の。息子や夫を取り戻したいという女の叫びを」

ザビーネが更に煽《あお》りを加える。

もう止めろ。

頼むから、止めてくれ。

そう思うが。

死人。

一度諦めてしまった私は、亡き縋る女達のようで、言葉は一言も出せなかった。

そして、小さな村の、今まで亡き縋っていた一人の女が決意をするように呟いた。

「やってあげるわよ」

その女は、決意を秘めた眼《め》をしていた。

「アンタらが頼りにならないって言うなら！　自分の手でしか取り戻せないと言うなら！

アンタらなんかに言われずともやってやるわよ!!」

その女は泣き喚《わめ》きながら、絶叫した。

「今すぐ、あの女に、カロリーヌに、あの悪鬼どもに追いすがって、アイツらを殺して、
息子を取り戻してやるわよ!!」

ザビーネはそれに回答を返した。

「非常に宜《よろ》しい。酷く宜しい。生者は一人いたようだ。他には？」

ザビーネは辺りを見回し、挑発するような、人心を煽るような言葉を放ち辺りを見回す。

声が挙がった。

小さな村の、小さな幸せを奪われた、女たちの絶叫であった。

「やってやるわよ!!」

「青い血崩れなんか怖くない！　ぶっ殺してやる!!」

「連れて行って！　私をカロリーヌの目の前まで連れて行ってください!!　軍の方々!!」

ザビーネは、先ほどからずっと黙っているファウストに向けて、言葉を紡いだ。

「ポリドロ卿《きょう》、再考願います。民兵を集めました」

「ザビーネ殿、貴女《あなた》と言う人は……何をするものかと様子を見ておりましたが、悪魔のよ

うな方だ。平和に暮らしていた、ただの国民達を、死地に走らせるおつもりか」

「どうせ、この村の者たちに未来はありません。夫や息子を取り戻せない限りは」

ザビーネは冷たく回答する。

ファウストは頭をポリポリと掻《か》きながら、うん、と一言呟いた。

「老若問わずというのは無理です。いくら死兵も同然の民兵達といえど、この中からカロリーヌ追撃への行軍に付いて来られるのはおよそ40名」

「それでも、もはや死も恐れない死兵の40名が加わる。戦力計算では、決して悪くはないはず。ましてポリドロ卿がいるならば」

「貴女は、私を、憤怒の騎士を高く見積もり過ぎている」

ファウストは苦笑しながら答える。

そして、問題点を挙げた。

「ですが、指揮官が足りません。この死兵40名を率いる指揮官が」

「私が指揮いたします！　利き腕はまだ無事です!!　どうか汚名返上の機会を!!」

代官が、ザビーネの言葉の熱に当てられたようにして絶叫した。

ファウストはその言葉に眼を丸くしながら。

次の問題点を挙げる。

「では、次。この戦闘において——くだんの騒ぎの最大原因である地方領主の長女殿には、多額の謝罪金を戦費として私達に支払ってもらう事になりますよ。それこそケツの皮が剝《む》けそうなほど。私は自分のケツも拭けない領主騎士が反吐《へど》が出る程嫌いです。容赦《ようしゃ》はしませんよ」

「それは、私の力で何とかするわ」

自然と、第二王女の立場からの発言が出た。

私を見て、驚いたようにファウストが目を剝く。

私もザビーネの熱に当てられたのであろうか。

思わず発言してしまった。

「なれば、私が言う事はもはや何もありません。時間もない。今すぐ、村に残った糧食をかき集め、民兵達《たち》に武器を――農具でも良い。それらを持たせ、行軍を再開しましょう」

ファウストは苦笑いをしながら、撤退案を諦めてくれた。

我々は進撃を――初陣を再び開始する。

目指すは、ヴィレンドルフ領に逃げるカロリーヌである。

※

「ヴィレンドルフに亡命を」

ヴィレンドルフに捧《ささ》げる、男や少年達は揃《そろ》えた。

財貨も、領主屋敷から、かつての我が家から逃げ出す際に引っ摑《つか》んで来た財貨がある。

何の問題もない。

「ヴィレンドルフに亡命を」

再び呟く。

何の問題もない。

私がヴィレンドルフに、100名の軍勢を率いて亡命するには、何の支障もない。

なに、私は賢くて、数々の戦歴を――あの姉の代わりに、王都から命じられる軍役をこなしてきた歴戦の戦士だ。

ヴィレンドルフでも受け入れられるだろう。

ヴィレンドルフでは強さが全てだ。

何の問題もない。

ただ一つの問題、それは――私が、家督争いに負けた事だ。

馬車の中で、床を力強く叩《たた》く。

激しく揺れる馬車の中では、その振動など誰にも気づかれない。

私が感情を乱した事など、誰にも気づかれない。

「勝てると思っていた。それは間違いか？」

姉の代わりに、従士達と共に軍役をこなしてきた。

姉の代わりに、領民達に親身になって統治をこなしてきた。

だから、兵たちは私を押し上げてくれた。

あの無能でありロクに領内の統治も軍役もこなせない姉の代わりに、私を。

だが、敗れた。

長女と、次女。

その家督争いの壁は、余りにも高かった。

領地の家臣の殆《ほとん》どが、役にたった事もない姉の味方をした。

家臣たちは、姉を傀儡《かいらい》として扱いたかったのだ。

そして、次女が家督を相続する前例も作りたくなかった。

結果、姉を後一歩の所まで追い詰めながらも逃れられ、逆に追い詰められた私達は領地から逃げるようにして飛び出した。

そこで、山賊達と出会い、会話をした。

「私達の仲間にならないか？　私に従えば、いい思いをさせてやるぞ？　何、近くに攻め込むのに丁度いい村があるんだ。お前らが一緒なら簡単に……」

山賊への誘いであった。

「お前らが従え。山賊風情が調子に乗るな」

私はハルバードの一撃で、山賊の頭目の首を刎《は》ね飛ばした。

そして山賊団を手下に加えた。

「……ヴィレンドルフに、亡命を」

再び、呻《うめ》くように呟く。

王族直轄領の小さな村を襲い、ヴィレンドルフに捧げる男と少年達は用意した。

もはや、後には引き返せない。

捕まれば、全員縛り首だろう。

糧食も十分に残っている。

財貨は、屋敷から奪った物がまだ残っている。

再起をかけるには十分だ。

私はまだここで死ねない。

こんなところでは死ねないのだ。

私に――こんな私に従って、こんな落ちぶれてしまった私に文句ひとつ言わず、未だに従ってくれている従士や領民達への責務がある。

その責務を果たすためには。

「……ヴィレンドルフに、亡命を。私は再び、青き血になる。彼《か》の地で騎士になる。成り上がって見せる。そうでなければ」

マルティナ。

その一人娘の名前だけが、脳裏に浮かんだ。

私の可愛《かわい》いマルティナ。

何もかもを捧げ、与えてやりたいと思った9歳の女の子。

「誰が、あの子のために復讐《ふくしゅう》をしてやれるというのか」

私は失敗した。

何もかも失敗した。

反乱に失敗し、姉を殺す事もできず。

判断に誤り、要所の制圧に失敗し、教会に預けていた自分の娘であるマルティナを殺されてしまった。

今頃は、姉の手で、あの汚らしい陪臣騎士たちの手で、首を吊《つ》られてしまっているだろう。

「私は死ぬだろう。最後には何もかも失って死ぬだろう。それは別に良い」

ヴィレンドルフに逃げたところで、もう未来はない。

いくら強さが全ての敵国に逃げたところで、私は裏切り者として見られるだろうし、自分の命より大事な一人娘が帰ってきてくれるわけではない。

自分が愚かだったゆえに失ったものは、もはや何を賭けても手に入らないだろう。

だが、立ち止まってしまえば、今持っているものさえ失ってしまうだろう。

私に従ってくれた、従士や領民達に申し訳が立たないのだ。

敗北者とて、負け方というものがある。

「どうせ死ぬなら、私の娘を殺した姉の、あの陪臣どもの。その鮮血の上で死んでやる」

カロリーヌは、血反吐《ちへど》を吐くような声で呟《つぶや》いた。

その背後には、その背を追いかける者たちがいる事をまだ知らぬまま。

ザビーネは悪魔だ。

本物の悪魔だ。

たった数十分の演説だけで、小さな村の小さな幸せを奪われた、生き残った領民達を死地に向かわせた。

行軍を、開始する。

先頭には私ことファウスト・フォン・ポリドロ。

中間にはヴァリエール第二王女親衛隊。

そして最後尾には、代官が率いる死兵40名がゾロゾロと追いてきていた。

「ファウスト様、ファウスト様」

「何だ、ヘルガ」

私は、傍《そば》に控える従士長であるヘルガの言葉に応答する。

何だ、この初陣の再開に文句でもあるのか。

もう駄目だぞ、ヴァリエール様がGOサインを出してしまった。

まあ、ヴァリエール様が、地方領主からの戦――多額の謝罪金を保証してくれたというメリットは新たにできたが。

ケツの皮まで毟《むし》ってやる。

そうでなければ、こんな行軍やってられるものか。

「あのザビーネ様って方、お嫁になんてどうでしょう」

「冗談で言ってるよな、ヘルガ。頼むからそうだと言ってくれ」

私は苦渋に満ちた声で呟く。

「いえ。ファウスト様の仰《おつしや》りたい事はなんとなく、判《わか》るのですが。私個人的にはありだと思うんですよね」

なんとなくでも、判っているなら言うな。

そしてお前、ザビーネを、あの悪魔を推すのか。

冗談だろ、他の領民もひょっとして同意見じゃなかろうな。

あの熱に毒されてると言うんじゃないだろうな。

アイツは悪魔だ。

国民の税で食ってる軍人として、絶対に言ってはいけない事を平気で口にした。

ノブレス・オブリージュを全否定しやがった。

それも、私が口にした「悪魔のような方だ。平和に暮らしていた、ただの国民達を、死地に走らせるおつもりか」。

そのセリフに裏の意味を込めて告げた、「お前それでも青い血かよ」という皮肉にすら気づいていないチンパンジーだ。

ああ、頭痛くなってきた。

私はヘルガに説明を開始する。

「私のような領主貴族と、法衣貴族、つまり王国の武官とは少し立場は違うが、変わらない点として私達は領民から、法衣貴族は徴税官や紋章官と言った官僚。あるいは軍人として国民から税を得ている。それで食っている」

「はい、判ります」

ヘルガが頷《うなず》く。

「その代わりに、義務がある。領民を守る義務が、国民を守る義務が。「戦う人」という義務だ。判るな」

「はい、判ります」

ヘルガが頷く。

そこまで判っているなら――

「何故《なぜ》、国民を死地に走らせる。それが騎士のやる事か？　騎士の役割を、「戦う人」としての役割を全否定してるぞ？　自己存在の矛盾を抱かんのか？　あの演説は仮にも青い血の、吐いて良い台詞《せりふ》ではなかった。青い血の建前すら捨ててしまっては、もはや貴族では、騎士ではない」

「ですが、必要に迫られれば私達もやります。夫や息子を攫《さら》われたとならば、我ら領民は戦います。それが我が領地内に限った事であるならば。それが普通ではないのですか？

「ザビーネ様は何も間違った事は仰ってないと考えます」

あっけらかんと、ヘルガが返す。

その言葉に、きょとんとする私。

そうか、コイツら――我がポリドロ領の領民は、まず軍役の代わりに頂いているリーゼンロッテ女王からの保護。

その保護の契約。

それを受けるよりも先に「自分達《たち》の身は自分で守る」、その心構えができている人間たちであったたか。

軍役があり、ヴィレンドルフの国境線からも近い辺境領地の住人と、軍役もない小さな村の直轄領の住人。

ようするに文化の違いって奴《やつ》だな。

だから理解できないのだ、ザビーネの鬼畜さが。

もはや、ザビーネのやった事の鬼畜さを説明する気にもなれぬ。

これ以上説明しても、「それは王国民が温《ぬる》いのではないですか。やはりザビーネ様は何も間違っておられません」と言われかねん。

というか、ポリドロ領の領民は全員同じ言葉を返すだろう。

ああ、もう面倒になった。

正直に心境を呟こう。

「私はザビーネ殿の事が好かん。その演説家としての能力への評価はするが嫌いだ。そのザビーネ殿がやった事をまだ理解できていない第二王女ヴァリエール殿下も、14歳という若さゆえではあろうとも、ザビーネ殿の熱に浮かされるようではな……この先不安だ。これでどうだ」

「はあ、なんとか」

ヘルガは、なんとか了解してくれたようだ。

大丈夫だろうな。

本当に大丈夫だろうな。

あの糞《くそ》アジテーターの熱に、我が領民が感化されていないだろうか。

それを心配しながら、ファウストは行軍を開始する。

「全員、進め！」

合図を出す。

全員が行軍を開始した。

これでよい。

私が状況に納得するが、再度ヘルガが台詞を吐く。

「でも、ですよ。ファウスト様」

「何だ、ヘルガ。まだ何か言いたいのか」

私は再度、苦渋《くじゅう》に満ちた顔で呟く。

「あのまま、縋《すが》りつく小さな村の領民を放っておいては、暴動に繋《つな》がったのではないでしょうか。なにせ、我々は彼女達を見捨てて帰るわけですし」

その可能性はある。

何せ、今では背後で死兵と化した連中だ。

「それに、民兵を徴兵しなければ、攫われた男や少年達を救出できない現実も打開できません。荒ぶる現地住民を徴兵してしまった方がお互いの為《ため》になる事を考えれば、悪くない案だったんじゃないでしょうかね」

「それを、あのチンパンジーが、理解しながら喋《しゃべ》ったと思うか？」

私とヘルガは、振り向いてザビーネの顔を拝む。

親衛隊の一人と、また猥談《わいだん》をしていた。

「思いません」

「そーだろ。絶対そーだろ、私もそう思う」

そもそもからして、アイツ最初は民兵を徴兵しようとか全然考えてないぞ絶対。

ヴァリエール第二王女殿下に縋りついている領民達が気に食わなくて、罵倒しただけだぞ。

その演説じみた罵倒の中で気づいたんだよ、アイツ。

「アレ？　ひょっとしてこのままコイツ等煽《あお》れば民兵として徴兵できなくね？」

そう考えたんだ。

今、その性格を完全理解した私には、その考えが掌《てのひら》に乗っかったようにして判る。

あの鬼畜め。

鬼畜のチンパンジーめ。

いや、チンパンジーは元々鬼畜じみた性質の持ち主であった気もするが。

今、それはいいので置いておく。

多分、アイツが親に見放されて第二王女親衛隊に放り込まれたのはそのアホさゆえだけではない。

あまりにも生来の鬼畜さ故にだからだ。

ああいった汚れた作業をこなす人間も、為政者には必要なのかもしれんが。

ひょっとすれば――この第二王女側にとっても、夫や息子を奪われた村人たちにとっても、最適解ではあるかもしれない結果を導き出してはいるが、そこに計算によって為《な》されたロジックは何も存在しない。

文字通りの空白だ、ザビーネは何も考えずに現状の結果を為した。

ハッキリ言おう、アイツは危険人物だ。

その演説力のヤバさを考えると、どこかに隔離しておくべき人間だ。

動物園の檻《おり》に閉じ込めていた方が良いんじゃないのか、ザビーネって名札を首にぶら下げた、演説ができる変わった猿として。

ああ、もういい。

そんな事を考えている余裕は私にはない。

目標はシンプルに。

目指すはカロリーヌ、それがヴィレンドルフの国境線に辿《たど》り着く前に追いつく。

そして、それを打ち破る。

私の今の使命は、単純化するとそれだけだ。

物事は何事もシンプルにするのがいい。

余計な事を考えずに済む。

「よーし、歌うぞ。カロリーヌまでの行軍は長い。民兵達も、代官もやる気出して歌えよ」

親衛隊長ザビーネの声。

それを心の底から恐ろしく思いながら、私は行軍していた。

ああやって、ザビーネは士気を維持していくのだろう。

だんだん、本気であの女が恐ろしくなってきた。

私はそれに口を出さない事にする。

せめて、猥歌《わいか》だけは口ずさんでくれないように祈りながら。

※

「まだ出陣の準備は整わないのですか！」

「判ってるでしょう。リーゼンロッテ女王様。２００もの兵を動かすには、それなりに準備がいるって。何、明日には出ますよ」

いくら常備軍。

即応兵とは言っても、言われたその場で行軍を開始できるわけではない。

武器の準備はまだいいとして――兵糧、馬車、予想される敵の行軍ルート。

接敵すると予想されるポイントまでの、我々の行軍ルート。

その程度はいる。

特に最後は重要だ。

道を一つでも間違えたら、ヴィレンドルフの国境線にそのまま突っ込む事になる。

そしてそのまま第二次ヴィレンドルフ戦役の始まり始まり。

そういう状況下だ、今は。

それはリーゼンロッテ女王も理解している。

理解しているはずである。

しているのに、このありさまだ。

アスターテ公爵は、深くため息をついた。

「敵の行軍ルートへの先回りは？」

「アナスタシアと一緒に相談しましたよ」

私ことアスターテ公爵は、第一王女相談役の立場を利用して既に、その明晰《めいせき》な頭脳と戦略眼を誇るアナスタシアに相談した。

相談役が逆に相談をするとは、立場が違っている気がしないでもないが。

おそらく、地図に記したこの地点が――地方領主の次女、カロリーヌが逃げ込むポイントであろうと私達二人は判断した。

だが、そのポイントは遠い。

おそらく、援軍は間に合わないだろう。

だが、ひょっとしたら――間に合う可能性はある。

ファウストの発案による、カロリーヌへの足止めの可能性。

カロリーヌが欲を出し、他の領地に手を出して、行軍を遅延する可能性。

その他のトラブル、馬車が壊れ、単純なる行軍の遅延。

色々ある。

間に合う可能性はあるのだ。

で、ある以上、面子《メンツ》を考えると援軍を出さないわけにもいくまい。

私はため息をつく。

「何ですか、ため息などついて。今頃我が娘は、ヴァリエールは途方に暮れているでしょうに」

「所詮スペアでしょう。お飾りのスペア。急に、親心出し過ぎじゃありません、リーゼンロッテ女王様」

私はもはや身内のノリで、思った事をそのまま口に出す。

私は自由人だ。

何も怖くはない。

唯一怖かったのは、ファウストの尻を揉《も》んだ瞬間、ポリドロ領――その領民達の顔つきが悪鬼に変わった時ぐらいだ。

アレは本当に怖かった。

地獄に落とされるかと思った。

「例えお飾りのスペアでも！　別に私はヴァリエールに死んで欲しいと思っているわけではありません!!」

「アナスタシアと同じ事を仰《おつしや》る。別に死んで欲しいわけではない、か」

愛されているのか、愛されていないのか。

よく判《わか》らない。

私は嫌いだがね。

あの凡才。

平民ならいい、だが青い血での凡才は許されない。

そうアスターテは考えている。

「今頃、カロリーヌに襲われてボロボロになった小さな直轄領で途方に暮れてるんじゃないですかね。まさか追跡を試みるなど」

「その可能性があるから焦っているのです。私は以前発言しました！　初陣に失敗したらファウストを第二王女相談役から取り上げるぞ、と」

なるほど。

一応、焦る理由はあるわけだね。

だが、動じない。

「女王様、ヴァリエールは凡才です。凡才なのです」

ファウストは、領主騎士だ。

自分の領民の損害を、その損失をこの上なく嫌う。

あのどうしようもない状況だったヴィレンドルフ戦役と違って、勝ち目があっても領民に多大な被害の出る戦に挑む事はない。

そしてヴァリエールは凡才だ。

相談役であるファウストの意見には、その意見に従うままに動く。

もし、例外があるとすれば。

「あのチンパンジー達《たち》。失礼、第二王女親衛隊でしたか。あのアホどもが初陣だからとハリキリすぎて、ヴァリエールに無茶ぶりしなけりゃいいんですけどね」

「恐ろしい事を言うな！」

リーゼンロッテ女王が、その自分の身を抱きしめながら呟《つぶや》く。

そして、悩まし気に呟いた。

「あそこまで愚かな——チンパンジーの群れだとは思っていなかったのです。ヴァリエールには、家から見離された騎士達といえど、それでも青い血の次女や三女を与えたつもりでした」

「ところが、当の青い血の次女や三女達は猥談を平気で王城内で行い、侍童の着替えを覗《のぞ》き見《み》するエロガキどもでしたよってところですか」

私はあきれ顔で返す。

私は凡才が嫌いだ。

ゆえに、あのチンパンジー達も好きではない。

何をするか制御不可能な、無能な働き者など殺してしまうより道はない。

いや、アレでも戦場での兵としてはこき使えるのか。

まだ初陣未経験者なので判断つかんね。

そういえば、ヴァリエールも初陣だ。

もし仮に、ヴァリエールが初陣を経験したとして、その凡才具合は変わるのだろうか。

あまり期待はできそうにないが。

一度、これを機会に再査定してみるのも悪くはないかもしれない。

もし、すでに失敗した身であろうとはいえ、この機会を糧《かて》にできていたならば、少しは変われるであろう。

「とにかく！　急ぎなさい。ヴァリエールの事は抜きにしても、我が直轄領を襲い、領民を攫《さら》ったであろうカロリーヌにはケジメをつけて死んでもらわねばなりません。王家の面子もかかっています」

「ましてや蛮族ヴィレンドルフに亡命する事など許さない、と。判りましたよ」

はいはい、と言った口調でアスターテは言葉を返しながら。

その目は地図上の接敵ポイント、ヴィレンドルフ国境線ギリギリの地点に向けられていた。

第14話　雑魚散らし

「追いついた」

先頭を切る、自分の口から漏れ出た声はそれであった。

ヴィレンドルフとの国境線を目前として、カロリーヌにようやく追いついた。

目前の、約100名の敵を視界に入れた。

まだ交戦距離には程遠いが、な。

私の言葉に、ザビーネ達の行軍歌は自然と止《や》み、その瞳の色は戦闘色へと変化を遂げる。

「ファウスト、どうするの？」

どうするの？　と来たか。

一応、最高指揮官は貴女《あなた》なのだが。

まあ、ヴァリエール様は初陣だ。致し方ない。

私は第二王女相談役である事だし、補佐しなければなるまい。

ただ、こんな時、アナスタシア第一王女やアスターテ公爵なら、私はこう思うがお前はどう思う？　と聞くのだが。

或《あ》いは、山賊相手とは言え歴戦の私の意思を尊重して、最初から自由裁量権を与えてくるが。

それを考えれば、アナスタシア第一王女は初陣からイカれていた。

ヴァリエール様が劣っているのではない、アナスタシア様が異常なのだ。

私はそんな雑多な思考を抱きつつ、前方のカロリーヌに眼《め》をやる。

そして呟いた。

「おそらく、私達の事は相手も気づいた事でしょう」

「私達と同じように、魔法の眼鏡《めがね》である双眼鏡持ちだとでも？」

「非常に役に立つ物です。カロリーヌが持っていないはずありません。まして、ここは平野。遠目が利《き》く者なら見える状況下です」

私は自信を持って呟く。

私達、追手の存在は、カロリーヌにもはや気づかれている。

そこで、相手の出方次第だ。

総力戦、全員による全力戦闘は勘弁願う。

被害が大きい。

無辜《むこ》の国民と、自分の領民達を無駄に死なせるのは御免だ。

双眼鏡を使っている、ヘルガの報告。

「敵が――敵が、今、二つに別れました」

逃亡。

ヴィレンドルフの国境線を目前にして、カロリーヌは山賊を捨て駒にする逃亡を選択した。

少し、有難い。

それぞれ陣形を構築しての、全力戦闘よりはマシだ。

遥《はる》かにマシ、いや、自分にとっては都合の良い流れだ。

「ヘルガ、我が領民に戦闘準備を整えさせろ」

「はい」

私は、ヘルガに命令を下し。

そのままヴァリエール様に指示を飛ばす。

「ヴァリエール様、まずは雑魚散らしをします」

「雑魚散らし？」

「この状況で、親衛隊や民兵の出る幕はないという事です。まずは——ただの殺戮《さつりく》です」

私はヴァリエール様に、そう呟いた。

そう、これはただの殺戮だ。

いつもの軍役と同じ、ただの山賊の殺戮だ。

私は口の端で笑顔を作りながら、ヴァリエール様としばしの別れを告げる。

そして、突撃を開始する。

符丁で合図。

「クロス！」

従士達5名による、クロスボウの準備。

発射の準備は既に為《な》されている。

後は引き金を引くだけである。

「ヘルガ、双眼鏡を戻す前に、もう一度確認しろ。敵指揮官は見えるか？」

「はい、見えます。おそらく山賊ではない。チェインメイルを装備し、兜《かぶと》を被《かぶ》っている事から――おそらく、敵方の従士であります」

山賊も、ただ黙って捨て駒にはならない。

そこには必ず、率いる指揮官が居る。

カロリーヌの従士か。

という事は、おそらくあの山賊団、頭目をカロリーヌに殺《や》られて乗っ取られたな。

従士は捨て駒で死ぬ事前提で、山賊の指揮を名乗り出た？

カロリーヌの奴《やつ》、どうやら一廉《ひとかど》の人物ではあるらしい。

そこまで判断する。

分析終了。

「従士にクロスボウを放つ必要はない。従士は私が殺す。まずはクロスボウで、敵の弓兵5名を確実に殺る事を心掛けよ」

「判りました。ファウスト様」

弓兵は嫌いだ。

矢を払い落とすなど難儀でもないが、気が散ってイラつく。

私はそれだけのために、弓兵を先に殺る。

そんなもんだ。

その程度の存在でいい、山賊なんてものは。

さて、そろそろ接敵だ。

ヴァリエール様率いる親衛隊と代官率いる民兵をやや後方に置き、我らポリドロ領兵20名と私は先陣を切る。

「我が名は、ファウスト・フォン・ポリドロ！　死にたい奴から前に出ろ!!」

「――!!」

敵陣に怯《おび》えが走る。

男性騎士で先陣を切って走り込んでくる者など、アンハルト王国にはファウスト・フォン・ポリドロただ一人しかいない。

憤怒の騎士。

アンハルト王国最強の騎士。

敵にとっては疑う余地もないだろう。

自分にとっては忌み名だが、二つ名を持っているとこういう時に有難い。

「落ち着け！　所詮は噂《うわさ》先行、ただの男騎士だ!!　落ち着け!!」

敵の頭目。

カロリーヌの従士が山賊達《たち》を落ち着かせようとするが、上手《うま》くいっていない。

このまま逃亡させる事は許さん。

山賊は景気づけに皆殺しだ。

「歌え」

血の絶叫を。

私は我が愛する領民にではなく、敵の山賊30名にそれを命じた。

クロスボウ。

それが、敵の弓兵と疑わしき5名に発射され、それらは射撃に慣れた従士の技量ゆえに、必中の技と為す。

山賊30名の内、5名があっという間に死んだ。

「叫べ」

死の絶叫を。

馬に乗っている私が、当然先陣を切る。

いつもの事である。

私は先祖代々受け継がれた、魔法のグレートソードを振るい、動揺していた山賊5名の首を次々に刎《は》ねる。

これで領民と同数。

「そして死ね」

地面に血だまりを作りながら、倒れ伏していく。

山賊団に、もはや弓兵はいなかった。

これは何よりの事だ。

私は一直線に、山賊の頭目代行を務める従士へと、人馬一体となって進む。

跳躍。

私は愛馬のフリューゲルと共に宙を舞い、チェインメイルを装着したカロリーヌの従士の前に躍り出る。

従士は、突然の事に対応しきれていない。

そして私は愛用のグレートソードで従士の頭頂から、腹の辺りまでを斬り落とした。

従士は、中途半端ながら真っ二つの身体《からだ》となる。

被っていた兜は完全に割られ、真っ二つとなって地面に転げ落ちた。

「お前等《ら》の頭目は今死んだぞ！」

私の雄叫《おたけ》びが戦場に響き渡り、指揮官を失った山賊の士気は崩壊する。

哀れにも統制を失った山賊達は、或《あ》る者は命乞いを、或る者は背を向けて逃げようとしながらも。

一人一人、我が領民に仕留められていく。

槍《やり》で。或いは剣で。

手慣れたものだ。

この手の作業は、15歳から20歳にかけての軍役で、本当に流れ作業と化した。

実に手慣れたもので、我が領民は己の作業を――殺戮をこなしていく。

私はそんな事を考えている間にも、従士の傍《そば》にいた山賊を一人、二人と斬り殺していく。

その数は数えるまでもない。

キルスコアなんぞ一々面倒くさくて数えていられない。

戦闘は、数分にも満たなかった。

我が領民の被害は一人もいない。

流れ作業だ。

殺戮が終わる。

「来世では、花か何かに生まれ変わるといい」

そう締めくくりの台詞《せりふ》を吐き、私は地面に転がる山賊の死体を馬の上から見下ろす。

山賊、30名の殺戮が終わった。

僅か数分の作業であった。

従士達は私に命令されずとも、クロスボウの再装填準備、滑車で弦を引く作業を始めている。

後方にいた、ヴァリエール様達親衛隊と、代官率いる民兵40名が追いついた。

「ファウスト。その、山賊は？」

ヴァリエール様は、つまらない質問をする。

見れば判《わか》るだろう。

「全員殺しましたよ。見れば判るでしょうに」

「その……何と言うべきか、ファウストの被害は？」

「ゼロです」

常にゼロだ。

山賊ごときとの戦で死んでたまるか。

私が唯一死を覚悟したのは、初陣とヴィレンドルフ戦役のみだ。

山賊なんぞ、鼻歌を歌いながらでも殺戮できる。

コイツ等は雑魚だ。

肝心なのは——

「話はここからです。ヴァリエール様。クロスボウの再装填を準備しつつ、カロリーヌへの追撃を再開します。追いつくまでの間に、事前に戦術面における相談を」

「わ、判ったわ」

「カロリーヌは逃亡する事が最良と決断しました。おそらく、このままヴィレンドルフへの国境線を越える気でしょう。敵の精鋭70との戦闘時、最悪は途中で私が抜け、単騎で逃げたカロリーヌを追う事になるかもしれません。その間、我が領民の指揮権はヘルガに譲渡します。ご自由にお使いください」

ご自由に、とは言っても、無駄死にさせる気はないがね。

何でもかんでもヘルガが、ヴァリエール様の言う事を聞くわけではない。

領主貴族の従士長は、そういう育ちをしていない。

それは口に出さず、私はカロリーヌの軍勢の方を見やる。

先頭を走る二つの馬車、そのどちらかが直轄領から男や少年達が連れ去られた馬車。

もう一つがカロリーヌ。

さて、どちらが当たりかね。

大きなつづらか、小さなつづらか。

おそらく、私は小さなつづらにきっと良い物が——小さい方の馬車にカロリーヌがいると思うんだが。

そんな思考をしながら、私はクロスボウの再装塡《そうてん》を待ち続けた。

※

「お前が死ぬ必要はない。山賊などそのまま捨て駒にしてしまえば」

「その捨て駒にするためにも、指揮官が必要なのです。カロリーヌ様ならお判りでしょう」

私は従士が、山賊の指揮官を務め、自ら捨て駒に志願した事に唇を噛《か》みしめる。

ここまで。

やっと、ここまで逃げてきたのに。

ヴィレンドルフの国境線は目の前、あと一時間と行けば辿《たど》りつくところなのに。

双眼鏡で、先ほどヴィレンドルフの国境線を見た。

その先では、砦《とりで》の見張り台からこちらに気づいたのか、ヴィレンドルフの騎士達が数十人の兵を連れて国境線で待機している。

あそこが我々のゴールだ。

きっと、亡命は認められる。

この国から逃げ切れるのだ。

「最悪、カロリーヌ様お一人で逃げる事も御覚悟ください」

「馬鹿を言うな。お前等を見捨てて一人逃げ切り、そこに何の意味があるというのか」

「我々がここまでカロリーヌ様を支えてきた意味が残ります。カロリーヌ様さえ生き残れば、きっと意味は残りますよ」

この、大馬鹿者め。

未《いま》だに、家督争いに失敗した事を自分達のせいだと思い込んでいるのか。

あれに失敗したのは。

家督争いに失敗したのは。

「家督争いに失敗したのは、私自身が愚かなせいだ。しなければよかった。あのような事」

後悔。

やっとそれを口に出せた。

家督争いに敗北したのは、全て私の無能さ故だ。

やっと認める事ができた。

もっと、他の家臣たちに根回しすればよかった。

軍役の際、王家と――リーゼンロッテ女王陛下やアナスタシア第一王女殿下と縁を持ち、私の家督を認めてもらえるように動けばよかった。

もっと、もっと。

もっと、私が。

出てくる、後悔の言葉の種は尽きない。

「領民も、我々従士も、軍役で同じ釜の飯を食い、生死を共にした仲ではありませんか。カロリーヌ様の背中を押した我々に原因があります。ああ、もはや時間がありませぬ。これにて、おさらばです。カロリーヌ様」

「待て――待ってくれ！」

私の引き留める声を無視して、従士は山賊達の下《もと》へと駆けよっていく。

私がヴィレンドルフへの国境線を越え、亡命するだけのために。

領地の家督争いで、何人の従士や領民の命を失った？

何人の重症者をこの行軍中に亡くし、その遺体をその場に見捨ててきた？

嗚呼《ああ》。

こんな思いをするなら、家督争いなど、最初からやるべきではなかった。

一人一人が死ぬ度に、自分の愚かさが身に染みる。

「……マルティナ」

一人娘の名を呼ぶ。

判断ミスで、たった一人の愛娘《まなむすめ》を失った事。

今頃、領地で縛り首にされ、その小さな身体は腐敗しつつあるだろう。

そうだ、それだけは。

この復讐《ふくしゅう》だけは果たさなければならない。

「……ヴィレンドルフに、亡命を」

フラフラと、覚束《おぼつか》ない足取りで、ただそれだけを呟《つぶや》く。

それだけが、夫を病で亡くし、娘も愚行によって失い、優れた従士を捨て駒に追い込んだ、最後に残った私の目標だ。

直轄領を襲って攫《さら》った男や少年達を、ヴィレンドルフに捧《ささ》げるのだ。

馬車に詰め込まれた財貨を用い、騎士として再起するのだ。

アンハルト王国内の、知り得る限りの情報を売り渡すのも良い。

売国奴と言われようと、地獄に落ちようと、知った事か。

もう、私には何も残っていない。

今引き連れた精鋭70名。

軍役を共にしてきた領民を除いては――

そんな私の耳元に、悪魔のような報告が響く。

「カロリーヌ様！　カロリーヌ様！　只今《ただいま》、双眼鏡にて敵指揮官が確認できました！」

「誰だ！　見覚えのある顔か？　アスターテ公か、それとも……」

「敵は男性騎士。恐らくはファウスト・フォン・ポリドロ。憤怒の騎士です!!」

私は思わず、馬車から飛び出し、捨て駒となった山賊達《たち》――わが従士の様子を見た。

そこでは、恐らく一方的な殺戮《さつりく》が行われているであろう。

裁きが来た。

悪鬼と化した私を裁こうとしている、憤怒の騎士がそこまでやって来ていた。

第15話　美しき野獣

ヴァリエール第二王女軍、民兵40、親衛隊15、ポリドロ領民20――対して、カロリーヌ軍は従士を含めた精鋭の領民70。

その両軍は、ヴィレンドルフ国境線前、徒歩にして約30分を目前として接敵した。

「クロス！」

短い、符丁。

ファウスト・フォン・ポリドロの叫び声。

クロスボウの矢は、カロリーヌ軍の前衛5名に突き刺さり、それを殺傷した。

カロリーヌ軍、残存65名。

数では、ヴァリエール第二王女軍が上回っていた。

兵の質では、カロリーヌ軍が圧倒していた。

軍役経験者の武装した65名で満たされていたからだ。

対するヴァリエール第二王女軍は、初陣も同然の、武装も足りない民兵40と。

武装は足れども、初陣の親衛隊15。

唯一対抗できるのは、カロリーヌ軍を上回る練度を誇るポリドロ領の領民20のみと思われた。

だが、最悪なのは。

「お前は背後に下がれ！」

そう叫びながら、民兵を庇《かば》うようにファウスト・フォン・ポリドロという殺意の塊が、争いの中に飛び出してくるのだ。

まるで、領邦民はできる限り殺したくない、という表情で、相対する敵の命は逆に価値なきボロ雑巾のように扱って。

憤怒の騎士は、この狭い戦場を縦横無尽にして、愛馬に跨《またが》って突如出現していた。

カロリーヌ軍の敵兵の中に、飛び込むのではない。

民兵を肉楯《にくじゅん》のように見たてていながらも、突如カロリーヌ軍との戦闘の間に割り込んで、カロリーヌ軍の領兵を殺して回るのだ。

死の螺旋《らせん》。

カロリーヌが馬車の幌《ほろ》に開けた穴の中から見たその光景は、まさにそれだった。

必然的に、カロリーヌ軍の死者は次第に増えていく。

一対一の状況に持ち込まれては、ファウストに勝てる相手などアンハルト王国に存在しない。

だが、カロリーヌ軍の領兵の士気は未だ衰えていない。

カロリーヌを守ろうとしている。

カロリーヌはもはや、泣きそうであった。

泣くわけにはいかない。

泣くわけには、いかないのだ。

彼女達はカロリーヌのために死にゆく。

もはや、単騎にて逃げるべきだ。

彼女達の貢献に応《こた》えるためには、それしかなかった。

だが決断ができなかった。

そこまでして、カロリーヌを守ってくれている兵士を見捨てる決断が。

だが、戦場の時間は過ぎる。

国境線まで後退しながら、ヴァリエール第二王女軍を敵に回す。

その戦場での時間は短い時間であったろうが——

カロリーヌ軍に対する、ファウストのキルスコアはその時点ですでに30を超えていた。

ファウスト本人は一々数えてすらいないが。

もちろん、民兵の死傷者も出ていたが、もはや勝利を確定させるには十分な数の差があった。

「後は任せたぞ！　ヘルガ！」

ファウストは、第二王女ヴァリエールの名前は口に出さなかった。

出すと、最高指揮官であるヴァリエールが狙われるからだ。

そんな小さな計算を抱きながら、ファウストは単騎で駆けだした。

それを止められるだけの数が、もはやカロリーヌ軍にはない。

目の前の敵を、食い止めるのが精いっぱいであった。

来る。

罪を犯した、悪鬼への裁きが。

ファウスト・フォン・ポリドロが来る。

やがて、その殺意の塊が辿り着いたのは、カロリーヌ軍の馬車二つである。

小さな馬車と大きな馬車の二つであった。

ファウストが選んだのは、小さな馬車であった。

グレートソードを片手に、その剣で馬車の幌を薄く切り裂く。

その先に居るのは戦場の音に怯《おび》える、男や少年達であった。

「ハズレか」

ファウストは思わず吐き捨てた。

そして、カロリーヌは――財貨を積んだ大きな馬車は、その馬車の財貨すら投げ捨てて、単騎。

馬と自分の身一つで、カロリーヌは国境線へと逃げ走る。

逃げなければ。

あの裁きの手から。

ファウスト・フォン・ポリドロから。

あの憤怒の騎士から。

必死の形相で、カロリーヌは国境線へとたどり着こうとする。

まだ、まだ間に合う。

国境線にて待機しているヴィレンドルフの騎士や兵士に援軍を求めれば、あの憤怒の騎士、ファウスト・フォン・ポリドロを討ち取る事すらできる。

カロリーヌはそんな儚《はかな》い希望を抱きながら、単騎で駆ける。

それを追うのは、男や少年達に、まだ馬車の中に入っているよう言い捨てるファウスト。

未《いま》だに、死の絶叫と勝利の雄叫《おたけ》びと剣戟《けんげき》の音、その戦場音楽が鳴り止《や》まぬ戦場を置き去りにして。

ファウストとカロリーヌは、二人して追いかけっこを始めた。

だが、次第にファウストの速度が落ちる。

ファウストの愛馬、フリューゲルはもはや疲れ切っていた。

山賊との戦闘にて、そして先ほどの戦場を縦横無尽に動き回る働きにて。

いくら優秀な騎馬といえども、限界を来たしていた。

ファウストは、それをもちろん理解していた。

愛馬を潰すわけにもいかない。

何、攫われた男や少年達を助けた事で最低限の面子《メンツ》は保たれた。

それにまだ、ファウストの予想では、あのカロリーヌの結末は決定していない。

もう十分だ。

ファウストは馬の歩みを止め、ポンポン、と愛馬フリューゲルの背を叩《たた》き、その働きを労《いた》わった。

アンハルト王国と、ヴィレンドルフの国境線、その目前にして。

ファウストは愛馬とともに立ち止まった。

それを無視して、カロリーヌは国境線を越えていった。

ファウストは、その様子をただ見守っていた。

ヴィレンドルフという、その蛮族特有の価値観から出る美学からの、カロリーヌの結末を。

※

「我が名はカロリーヌ。亡命を求める者なり。そして、救援を願う。我らが眼前に単騎で居るのは、あのファウスト・フォン・ポリドロだ」

ヴィレンドルフの騎士が頷《うなず》く。

「戦場は先ほどから双眼鏡にて確認していた。あの容貌、あの剣技、まさにファウスト・フォン・ポリドロそのものよ」

「ならば！」

あの憤怒の騎士を殺してくれ。

ファウスト・フォン・ポリドロという悪魔を。

カロリーヌはそう呼びかける。

だが。

「だが、あの男は。あの美しき野獣は、我が国境線を越えず、未だあそこに立ち尽くしている」

名も判《わか》らぬ、総指揮官らしきヴィレンドルフの騎士が指を差す。

憤怒の騎士は確かに、国境線の向こうで私を見据えていた。

「ファウストを討ち取りたくないのか!?」

カロリーヌの叫び。

だが、ヴィレンドルフの騎士は動じない。

「先ほども言った。あの美しき野獣は、国境線を越えていない。ただお前を待っている」

待っている。

誰を？

それは明確である。

「お前が、このヴィレンドルフの地から叩き出され、挑みに来るのを待っているのだ」

叩き出されるのだ。

カロリーヌはヴィレンドルフには受け入れられない。

「何を言う！　私の亡命には価値がある。私がどれだけアンハルト王国の情報を握っているか！」

「お前がアンハルト王国の情報をどれほど握っているか、それは知らぬ。ひょっとしたら、我らにとっても価値あるものかもしれぬ。大層に価値があるものなのかもしれぬ」

だが――

ヴィレンドルフの騎士は否定の言葉を浮かべ、首を振る。

「あの騎士は、あの、我らの地では美しき野獣と呼ばれる男は、お前をただ待っているのだ。名は――カロリーヌと言ったか？　お前との決闘を待っている。我らはそれを邪魔する気などない」

「何故《なぜ》だ、ファウスト・フォン・ポリドロを討ち取りたくないのか？」

「国境線を越えていない者は敵ではない。それより、何よりも」

ヴィレンドルフの騎士は、もはや憧憬すら含めた目でファウストを見る。

「我らのレッケンベル騎士団長を凄絶なる死闘の末に討ち果たした、あの美しき野獣を。騎士や兵、その数十人で囲んでそれを討ち取れだと？　それは我らへの侮辱か？」

蛮族の感性。

強きものを、美しきものと感じる。

そして、ファウストは彼女達《たち》ヴィレンドルフの騎士にとって何よりも美しい騎士であった。

彼等《ら》の強き男性への価値観、筋骨隆々の男性を好む価値観。

それらを含めると、ファウストは、ヴィレンドルフにとっては、この世で最も美しい騎士と言えた。

それを取り囲んで討ち取るなど、ヴィレンドルフの美学の範疇《はんちゅう》外であった。

蛮族めが！

それをカロリーヌは辛うじて、口に出さなかった。

ただ、拳を地面に打ち下ろす。

「……私に、何を求める」

「ファウスト・フォン・ポリドロを討ち取れ。あの美しき野獣を討ち取れ。そうすれば、喜んで我らヴィレンドルフはお前を我が国に迎えよう」

ヴィレンドルフは、カロリーヌが、あのファウストに打ち勝つ事など全く期待していない。

ただ、見たいだけだ。

彼女ら騎士が敬意を払う、美しき野獣が、その実力を尽くしカロリーヌを討ち果たす、その姿が。

「判ったよ」

ここが終焉《しゅうえん》か。

なに、私の終わりには相応《ふさわ》しい結末だ。

カロリーヌは、そう笑った。

そうして、ヴィレンドルフの国境線から立ち去り、再びアンハルト王国の国境線へと舞い戻った。

嗚呼《ああ》――

何もかも失った。

何もかも、失ってしまった。

自分の命すら、これで失ってしまうだろう。

これで本当に終《しま》いだ。

カロリーヌは、自分自身に対し酷薄の笑みを浮かべた。

そうして一路、その馬で、ファウストの下《もと》へと駆けよる。

ファウストは、朴訥《ぼくとつ》とした雰囲気を漂わせながら、口を開いた。

「逃げ切れるとでも、思っていたのか？」

ファウストは不思議そうに問うた。

「ヴィレンドルフが、男や少年達を持たぬ、財貨を持たぬ、その忠誠高き精鋭たちを持たぬ、お前ただ一人を受け入れると思っていたのか？」

「……」

私は、無言でそれを返した。

そしてハルバードを構える。

少しでも、有利な条件を得ようと、頭を回転させる。

「馬を降りてくれ、ファウスト・フォン・ポリドロ。私も馬を降りる」

「よかろう」

二人して、馬から降りる。

カロリーヌは馬上での技量には、自信がなかった。

だが、こうして地面に降り立ったとて、目の前の憤怒の騎士に勝つ自信はなかった。

だが、負けるわけにはいかないのだ。

ただ負けるわけにはいかないのだ。

傷一つくらい、残してやりたかった。

この、ヴィレンドルフに美しき野獣と呼ばれる男に。

ファウスト・フォン・ポリドロに。

カロリーヌは、もう負ける事をすでに理解している。

「お前の得物は、そのハルバードでいいのか」

「そちらこそ、そのグレートソードでいいのか。得物の長さは――大して変わらないな。なんだよ、それ」

カロリーヌは、少しだけ笑った。

ファウストの持つグレートソードの長さは長大で、ハルバードのような長さなのだ。

パレード展示用のような実用の大きさではない代物で、ファウストの身長2m超えと比較しても、明らかに長い。

その刀身には、奇妙な魔術刻印が刻まれていた。

明らかな両手専用のそれを、ファウストは片手で扱っている。

これが、王国の最強騎士か。

カロリーヌは、もう何もかもを諦めている。

それでも抵抗するのは、何のためだろうか。

領主になりたいという悲願、唯一の宝物とさえ言えた一人娘、本当に死ぬまでついてきてくれた兵達。

もはや、カロリーヌには何も残っていない。

「笑うなよ。先祖代々受け継がれた品なんだぞ」

「それは失礼した」

短い会話。

それだけを終え、カロリーヌは一撃必殺のハルバードを、ファウスト目掛けて振りかざした。

カロリーヌは決して弱くない。

むしろ明確な強者ですらある。

この世に少なからず存在する、超人の段階まで足を踏み入れていた。

しかし、カロリーヌとファウストの力量差は誰の目にも明らかであった。

……気づいた時には、カロリーヌの腹は、板金鎧《よろい》ごとファウストの剣にて切り裂かれていた。

「……」

カロリーヌは、その場で声もなく立ち尽くす。

もう死ぬ事は判っていた。

想像していたものが、現実となっただけだ。

「何か、遺言はあるか。思い残しはあるか、カロリーヌ」

ファウストは終わった一騎打ちの相手に、情けの言葉をかけた。

カロリーヌは、辛うじて最後に一言呟《つぶや》いた。


「……マルティナ」


彼女にとっては縛り首にされて死んだであろう、一人娘の名だった。

ファウストはそれを覚え、心に刻んだ。

腹から臓物を垂れ流しながら、地面に倒れ伏すカロリーヌ。

ファウストは、その姿に少し虚《むな》しさを感じた。

「最期の言葉なんか、聞くんじゃなかったな」

女の名。

声色から判断するに、恐らく幼い子供に向けたような、少女の名。

おそらく、もうどうにもならない言葉であろう。

それを聞くのは、辛《つら》い事であった。

そうこう思案する中で、ファウストはカロリーヌの首を持ち帰らねばならぬと判断する。

首を刎《は》ね、持ち合わせた布に包み、丁重に左手で持ち運ぶ。

ふと、気が付くと。

ヴィレンドルフとの国境線上に、ヴィレンドルフの騎士や兵達が立ち並んでいる事に気が付く。

「美しい決闘であった。美しき野獣よ。いずれ戦場にて!!」

そう叫び、自分たちの砦《とりで》に踵《きびす》を返していくヴィレンドルフの騎士達。

ファウストは静かに、相手に聞こえないように言葉を返した。

「お前等蛮族の相手は、二度とお断りだ」

勝てる勝てないの問題ではない。

ヴィレンドルフ戦役は、ファウストにとってトラウマのようなものであった。

騎士一人一人が、アンハルト王国のそれより強かった。

特にレッケンベル騎士団長は本当に強かった。

ファウストがあの時20歳ではなく、19の頃であれば負けていたであろう。

勝敗を分けたのは、たった1年分の戦歴と鍛錬の工夫の差でしかなかった。

しかし、勝った。

その現実だけは、誰も否定しないであろう。

ファウストは一応、カロリーヌの亡命を認めないでくれた騎士達の背後にペコリと頭を下げ。

ヴィレンドルフとの国境線上スレスレから、再び戦場音楽の中へと舞い戻る事にした。

「さて、目標は達成した。だが……」

いくら被害が出たかね。

我が領民の練度なら命は大丈夫だろう。

だが、民兵は？

そして親衛隊たちは？

その被害状況はまだ判明していない。

ファウストは舌打ちした。あの優しいヴァリエール第二王女様が戦場の現実をついに知る事になる。

それを思うと、少し心を痛めた。

第16話　ドリーム・イズ・ビューティフル

ファウストとカロリーヌ、主役達《たち》が去った戦場にて。

第二王女親衛隊は、それぞれキルスコアを叩《たた》き出し始めていた。

ファウストが背後に引かせた民兵達は、後方に回り休息を。

代わりにヘルガ達ポリドロ領民20と、親衛隊の15が前線に立っていた。

カロリーヌ領民の精鋭、残存約20名足らず。

カロリーヌ領民は精鋭といえど一人で、二人を相手どらなければならない状況下に陥っていた。

ポリドロ領民はヘルガの指揮の下、親衛隊の援護役として上手《うま》く立ち回っていた。

正直言ってしまえば、戦場は幕引きをし始めている。

だが、その状況を把握こそすれど、戦っている当人たちは必死であった。

「殺した！　次！」

「すぐに側面からの援護に回れ！　我が親衛隊、一兵たりとも死ぬでないぞ！」

親衛隊長、ザビーネの叫び声。

僅か一人、キルスコアを稼いだ後、ザビーネはそのまま後方に回り親衛隊の指揮を執《と》っていた。

私の傍《そば》には同じくキルスコアを稼いだ後、私の護衛に回った親衛隊が一人だけ残って居る。

「姫様、御気分が優れないようで」

残った親衛隊員、ハンナが私の顔色を見ながら呟く。

「……民兵が何人も死んだわ。10名を超えるかもしれない。ファウストが、あれだけ頑張ったのに」

「仕方ありません」

ハンナは冷酷とも取れる声で呟く。

「ここは戦場ですので」

「戦場……」

そうだ、ここは戦場なのだ。

判《わか》ってはいる。

あの直轄領の小さな村で、執拗《しつよう》に痛めつけられた首のない死体を見た時から、それは理解している。

理解していなかったのは、憤怒の騎士と呼ばれるファウストの、まるで浮世離れした強さと。

私が、この死の絶叫と、勝利の雄叫《おたけ》びと、剣戟《けんげき》音が鳴り響く戦場音楽に慣れない。

その二つの事である。

正直に言えば、怯《おび》えている。

私の臆病な、この私を覆い尽くす薄皮一枚は、まだこの戦場に至っても剝がれてはくれない。

誰かが、私を狙ってくるのではないか。

誰かが、私の命を狙って襲い掛かってくるのではないか。

前線からやや離れた後方に居ても、その恐怖は薄まらない。

「親衛隊は――私の親衛隊は、誰も死なないわよね」

「我ら親衛隊は、それほど弱くありません。これでも青い血です。平民のそれより技量も武装も違います」

ハンナは、私を落ち着かせるように呟く。

事実、まだ一兵も欠けていない。

第二王女親衛隊は、ヴァリエールが考えているより遥《はる》かに強かった。

初陣ゆえ最初は手こずったものの、キルスコアを獲得してからは、いつもの訓練の動きを取り戻している。

このまま、終わればいいのだが。

そう思った瞬間、一人の女が、親衛隊とポリドロ領民が囲う敵陣の中から飛び出してきた。

手にしている武装は。

クロスボウ。

あのファウストが教会からの苦情を無視して使う、強力無比な武器。

「――見つけたぞ！　お前が総指揮官だな！」

クロスボウを持つ女は、頭を酷《ひど》く打たれたのか、血を垂れ流している。

その目は、逆上に染まっていた。

私は怯えて、立ち尽くす事しかできない。

「後方の安全圏にいると思いきや、突如として敵の精鋭が襲い掛かってくる事があります」

姉上の初陣の心構え。

その言葉が脳裏によぎる。

「その命、道連れに頂いていく!!」

クロスボウの射線。

その中に、私が入った。

殺される。

私は身じろぎする事すらできない。

「ヴァリエール様!!」

傍にいたハンナが、私の身代わりにクロスボウの射線上に立つ。

重い引き金を引く音が、聞こえた。

肉盾となったハンナの、装備したチェインメイルが表と裏で二度、貫かれる音。

ハンナの身体《からだ》が、クロスボウの矢に貫かれた。

ハンナは、そのまま地面に倒れ伏した。

「ハンナ！」

私の絶叫。

すぐにハンナの下《もと》に走り寄るが、その反応はない。

完全に気を失っている。

「貴様！」

私はクロスボウを持った女を睨《にら》みつける。

女は、にへら、と気持ち悪い笑顔を浮かべた。

そして、両手を広げながら呟く。

「ここまでか。殺せ！」

「言われずとも!!」

私は剣を抜き放ち、クロスボウを持った女に走り寄る。

その感情は、親衛隊を——ハンナを倒された怒りで満たされていた。

激昂《げきこう》である。

「貴様が。貴様が、ハンナを!!」

生まれて初めての激昂であった。

臆病な薄皮など、もはや忘れさられるように剝がれていた。

まずは眼《め》を抉《えぐ》った。

次の一撃で、耳を切り離した。

倒れ伏す女を相手に、その顔を踏みつけて歯をへし折った。

やがて、女はピクリとも動かなくなった。

その身体を、勢いよく胸を刺し、とどめの一撃を終えた。

「お前が――お前が、ハンナを」

やがて、冷静に戻ったヴァリエールは、今、自分が人を殺したのだと自覚する。

キルスコア、1。

そんなものはどうでも良かった。

「ハンナ！」

血塗られた剣をその手に、ハンナが倒れ伏す後方へと走り寄るヴァリエール。

その足は、今、人を殺したのだと、やっと激昂から醒《さ》めたようにガクガクと震えていた。

※

彼女は夢を見ていた。

童《わらべ》の頃の夢であった。

「男の子が欲しかったのに」と何度も言われた。

父からも、母からも、姉妹からも。

そう男の子が産まれる世界ではないというのに。

産まれるのは、たった10人の内の1人きりだ。

自分はそこそこの青い血、世襲貴族の家に産まれた4人目で——つまり、自分は要らない子だった。

スペアのスペアのスペア。

誰からも期待されない、要らない子であった。

それゆえ、粗雑に扱われた。

騎士教育も一応は受けたが、一度でもミスをすると馬鹿な子ね、とよく叱責を食らい、すぐ諦められた。

ゆえに、中途半端な騎士教育となった。

ただ、剣術や槍術《そうじゅつ》だけは不思議とよくできた。

姉の誰よりも。年齢の差も覆して。

それゆえ逆に嫉妬された。

食卓では、私の食事はいつも他の姉妹より一品少なかった。

まあ、それはいい。

良い想《おも》い出《で》など、子供の頃にないのだ。

やがて14歳となり、私は家から放逐されるようにして投げ出された。

「今からお前は、第二王女ヴァリエールの親衛隊となるのだ」

有難い話だ。

これで、お前等《ら》と、憎むべき家族と顔を合わせずに済む。

もはや、家族に愛情などなかった。

憎むべき敵であった。

私は王宮に向かい、そこで騎士としての儀式を受ける。

初めて出会った、10歳のヴァリエール第二王女。

私より、4歳幼かった。

だが、こちらも騎士教育など中途半端な14歳だ。

騎士叙任式など、上手くできるだろうか。

正直、不安だった。

「教会、寡夫、孤児、あるいは異教徒の暴虐に逆らい神に奉仕するすべての者の保護者かつ守護者となるように」

ヴァリエール第二王女の祝別の言葉。

そうして、肩を剣で叩かれる。

「……」

言葉が出なかった。

正直、思いだせなかった。

何と答えるんだっけ？

正直、私の思考能力はチンパンジーであった。

私が黙っていると、第二王女ヴァリエール様はクスリと笑った。

「いいのよ、黙っていて。私もスペア、貴女《あなた》もスペア。これから一緒に頑張りましょう」

ヴァリエール様は、騎士の誓いも満足に果たせない私を相手に、静かに微笑《ほほえ》んだ。

それからは——楽しかった。

楽しいとしか言いようがなかった。

今までの14年の、あの何とも言えない、もはや悪夢のような14年の事など薄れる程に。

親衛隊は、皆、戯《たわ》け者である。

親衛隊は、皆、気持ちいいくらいの戯け者ばかりであった。

私は初めて、第二王女親衛隊で仲間と、友達というものを認識した。

同時に、こんな私みたいな戯け者がこんなに沢山いたんだという複雑な気持ちにもなったが。

親衛隊長のザビーネは酷かった。

特に酷かった。

私達《たち》と同じ、一代騎士の最低階位。

その癖して、演説の一番上手《うま》い私が隊長になる、と言って聞かなかった。

どんな理論だよ。

あんまりにも聞かん坊で、否定しようとすると暴れるものだから、ヴァリエール様が泣く泣く折れた。

「私は、本当は貴女を、ハンナを親衛隊長にしたかったのよ？」

ヴァリエール様の、そんな言葉が嬉《うれ》しかった。

家では褒められた事など、なかった。

嗚呼《ああ》、ザビーネの奴《やつ》は本当に酷かった。

いつぞやは、侍童の着替えを覗《のぞ》きに行こうなどと計画を持ち出した。

私は反対しようと思った。

しかし、できなかった。

その時、16歳の女としては男性の身体に興味がないわけではなかった。

知識では——親衛隊長ザビーネの語る、どこから手に入れてきたのかもしれぬ、その猥《わい》談《だん》で心を弾ませながら得ていたが。

実際の、男性の裸体など拝んだ事はなかった。

「お前も興味あるだろう、なあ、ハンナ」

興味がないと言うと、嘘《うそ》になる。

やがて、我ら第二王女親衛隊15名はぞろぞろ連れ立って、侍童の着替えを覗きに行った。

無論、見つかった。

そもそも、15名による集団覗きに無理があったのだ。

何故《なぜ》誰も止めなかった。

我々はチンパンジー並みの知能なのか？

そう自分でも疑うほどであった。

だが。

その事件を起こしても、ヴァリエール様は我々から親衛隊の役職を奪わなかった。

「私が、お母様に頭下げといたから。それでこの話はお終《しま》い、と言いたいところなんだけど」

「それで終わらせてくれませんか？」

「終わるわけないでしょう。この馬鹿ども。チンパンジー！　そこに全員正座しなさい!!」

親衛隊15名、全員床に正座させられて叱られた。

あれは良い想い出だ。

子供の頃と違う。

敬愛するヴァリエール様に叱って頂いた、まるでご褒美のような良い想い出だ。

楽しかった親衛隊の日々。

ハンナは夢を見ていた。

きっと、ヴァリエール様は女王になどなれないだろう。

第一、優しいあの人に女王は似合わない。

それでいい。

ヴァリエール様は、私達だけの主人でよい。

他には、誰もいらない。私達だけのご主人様だ。

我ら、第二王女親衛隊全員、今は一代騎士の、最低階位の貧乏騎士だけど。

いつか世襲騎士にまで階位を上げて。

親衛隊の皆で金をかき集めて、いつもの安酒場で樽《たる》を一つ買い切るように。

皆一緒の、なんとか青い血の夫をとり。

子供を作って。

それで、自分の跡を継いでもらって。

それで、それで。

ハンナは夢を見ていた。

だが、夢から覚める時が訪れた。

呼び醒ましたのは、男の声であった。

「他にも重傷者がいます。私はその治療のため、領民たちの指揮を行います。王女さまはどうか、そのお膝元の彼女の傍《そば》に。後は、私が役目を引き継ぎます」

「ハンナが！　この子が一番重症なのよ！　ファウスト。お願いよファウスト！　この子を！」

「ヴァリエール第二王女殿下」

ああ、ヴァリエール様が泣いている。

なんで泣いてるんだろう。

ポリドロ卿《きょう》が、ぐっと何かをこらえた表情で、辛《つら》そうに私を見て呟《つぶや》いた。

「家臣の死を看取《みと》る事だけは、その役目ばかりは、主君の勤めであります」

ポリドロ卿がそれだけ言って、馬に乗ったまま、背を向けて立ち去る。

なんだ。

死んでしまうのか、私は。

この夢は終わってしまうのか。

その現実を、ポリドロ卿とヴァリエール様の会話で理解する。

「起きた？　起きたのね？　生きられるわよね、ハンナ」

「しんえいたい――しんえいたいが王女さまをまもるのは、とうぜんのこと」

呂律《ろれつ》が上手く回らない。

何故か、凄《すご》く眠たい。

このまま、もう一度目を閉じて眠ってしまいたくなる。

でも、起きていないと。

ヴァリエール様を、なんとか泣き止《や》ませないと。

「ヴァリエール様」

「なに？　ハンナ。貴女ったら本当に馬鹿で、私の盾なんかになって。何もいい事なんかないのに」

眠い。

なんでヴァリエール様は泣き止んでくれないんだろう。

「いえ、でも、これは名誉だから。名誉の負傷なんだから。お母様に頭を下げてでも、きっと貴女の階位を上げて、もっといい暮らしをさせて。それで、それで……」

もう、我慢できないかもしれない。

御免なさい、ヴァリエール様、いつも怒らせてばかりで。

多分、眠りに就いたら、また貴女は怒るでしょう。

だから、その前に一言だけ――

「わたしはね。ヴァリエール様の事、大好きだったんですよ」

せめて、この想いだけは伝えておきたい。

私は王家への忠誠等《など》ではなく。

青い血の騎士としては恥ずかしながら、そんなものは欠片《かけら》もなく。

ヴァリエール様個人の事が大好きであったから忠誠を誓っていたのだと。

ああ、眠い。

目を閉じる。

「ハンナ！　目を開けてよ!!」

ヴァリエール第二王女の嘆願するような絶叫。

その目はもう二度と、開かない。

――ハンナは、最期にすう、と一息吸った後、永遠の眠りに就いた。

もう夢は見れない。

ヴァリエール第二王女の、目を醒《さ》ませと言う怒りの――悲鳴のような泣き声が、辺り一帯を包んだ。

第17話　譲れないもの

あれから、一晩が経《た》った。

泣きながら、亡くなった民兵である妻や母の死骸に縋《すが》りつく、少年や男達。

せめて死者をこれ以上増やすまいと、重症者の治療に領民を働かせるファウスト。

「泣くな、ハンナは責務を全うしただけだ。泣くなよ」

そうブツブツ自分に呟きながら、親衛隊で一番仲の良かったその亡骸《なきがら》の手を握って、昨夜眠っている時からも一日中離さないでいるザビーネ。

そしてファウストから、しばらく休んでいるように諭された私。

私は、ハンナの死から未《いま》だ立ち直れていなかった。

初めて人を殺した衝撃からも。

私は、全てを忘却するようにして――ファウストの気遣いで、しばらく一人にさせてもらっていた。

無論、ハンナの死に衝撃を受けた親衛隊は、全員私を守ろうとして、同時に仕事に専念する事で何かを振り切るようにして、周囲を警護していたが。

足を崩し、全身の力を抜く。

「泣くなよ、泣かないでくれ。頼むから。ハンナは立派に務めを果たしただけなんだから」

ザビーネが、また昨晩と同じくハンナの手に頬擦りをしながら、泣き出した。

ザビーネが自分自身に、必死に言い聞かせようとする言葉は、全て無意味になっていた。

おそらく、ザビーネは今回の戦を後悔している。

彼女が民兵を駆り立てなければ、戦に挑まなければ、ハンナは死ななかったであろう。

だが、それは結果論だ。

小さな村の領邦民達《たち》、その全てを見捨てて逃げ出した、撤退した際の場合でしかない。

親衛隊の誰も、私も、ザビーネがハンナを殺したなどとは思わない。

あれだけ仲が良かったハンナを。

ハンナとザビーネは、無二の親友だった。

ザビーネは、ハンナの手に、もはや言葉は無意味となった涙をこぼし続けている。

私はぼーっとその光景を見て、止めないでいる。

泣けばいい。

存分に、泣いてあげればいい。

私は、もう既に全身の水分が抜け出るかと思うほど泣いてしまったから。

私の代わりに、ザビーネが泣いてあげればいい。

そう思う。

私はその光景を見ながら、そんな事を思った。

遠くから、かすかに音が聞こえる。
馬のいななき、蹄《ひづめ》と、人の足。
軍靴の音。
私は思わず立ち上がり、最も頼れる相談役の名を呼ぶ。
「ファウスト！　ヴィレンドルフかも――」
「いえ、姫様。ヴィレンドルフではありません」
ファウストは落ち着いて、その自分の首にぶら下げた双眼鏡。
――カロリーヌから鹵獲《ろかく》した戦利品。
それを使用し、音がする方角へと視線を向けた。
「アレはアスターテ公爵旗。援軍です」
来るのが遅い。
あと一日早ければ、ハンナは。
愚痴にすぎないのは判《わか》っている。
仮定にすぎないのも判っている。
間に合わなかったのが仕方ないのも、判ってはいるのだ。
だが、そう思わざるをえなかった。
私は、考える。
何をすればいいのか。

「ファウスト。手間をかけるようだけど御免なさい。私は――」

ファウストに判断を仰ごうとして。

それは、止めた。

何故《なぜ》だか、自分でこなそうと思った。

「ファウスト、命じるわ。今からアンハルト王国第二王女ヴァリエールとして、この戦の勝者として、援軍たちを迎える。準備して」

「――承知しました」

ファウストが、膝を折り、私に礼を整えながら答えた。

何だ、結局ファウスト任せなのは変わりないじゃないか。

違いは、頼んだか、命じたかだけだ。

でも、違うのだ。

頼んだか、命じたかでは、大きく違うのだ。

私は今まで、ファウストに頼み縋るだけの人物であった。

そんな事を、自分の心中で呟きながら。

私は、アスターテ公爵を迎える事にする。

ファウストが代官に援軍が来た事を伝え、志願民兵達、そして男や少年達をまとめておくように命じた。

逆に重傷者は前面に、一刻も早く衛生兵による治療の準備を。

次に、ポリドロ領民に、迎える準備を整えるように従士長であるヘルガを呼びつけ、話を進める。

私はせめて、自分の指揮下である親衛隊に出迎える準備を命じようと。

親衛隊は全員――ザビーネは、駄目だ。

アイツには時間が必要だ。

私と同じく、立ち直る時間が。

ザビーネには、ハンナの亡骸を守る任務を与える。

親衛隊長の復帰を諦め、代わりに親衛隊の一人に親衛隊長代理を命じる。

元々、ハンナと同じく親衛隊長候補に挙げていた子だ。

大丈夫とは、我が親衛隊の平均水準から見て、とても言えないが。

それでも、やってもらわなければならない。

援軍の、先触れの兵。

それが騎馬に乗って到着する。

「我らアスターテ公爵軍、援軍に参った。状況を確認したい!!」

「我が名は第二王女ヴァリエール！　戦は終わった。カロリーヌは我が相談役ファウスト・フォン・ポリドロが見事仕留めた！　敵軍は殲滅《せんめつ》した！　今は戦後の始末中である。協力してくれた志願民兵に重傷者が居る！　衛生兵は居るな！」

先触れの兵に向かって、私は叫ぶ。

その斥候騎士は戸惑いながらも、私の言葉を受け止めた。

「しょ、承知。状況は確認しました。我がアスターテ公爵軍は後30分で到着します。衛生兵もおります。しばしお待ちを！　私は状況の報告に戻ります」

斥候騎士が踵《きびす》を返し、段々と近づきつつあるアスターテ軍の下《もと》へと騎馬で駆けていく。

私はふう、と息をつきながら、アスターテ公との遭遇を思うとうんざりする。

怖いのだ、あの目が。

私を凡才であると、ハッキリと嫌いだとその目で訴える、あの目が。

アスターテ公爵は。

凡才である、青い血を酷《ひど》く嫌う。

それは公然とした現実であった。

はてさて、今の私はどうであろう。

数的には不利な戦に臨み、国民を——民兵達に10名の死亡者を出し、親衛隊の1名を失い、ファウストを馬車馬のように働かせた。

それでも、勝利した。

結果としては、青い血としては申し分ない結果なのだろう。

たったそれだけの犠牲で、勝利した。

何と素晴らしい、周囲はそう褒め称《たた》えてくれるであろう。

だが、私はそれを認められないでいるのだ。

私自身が、ヴァリエール第二王女という人物が、その結果に相応《ふさわ》しいと思えないでいる。

そんな私を、アスターテ公爵はどんな目で見るのであろうか。

不安であった。

恐怖であった。

第一王女相談役。

そう自ら名乗り出た、あのアスターテ公爵の目を見ていると、自分が自分の価値を。

その存在意義を疑われているような気がして。

——いけない。

私は。

私は、あのアスターテ公爵に、立ち向かう。

敵対するのではない。

はっきりと、その目を見据える存在にならなくてはならない。

何なのだろう、この感情は。

何処《どこ》から湧いてくる感情なのか、それは判らないが。

何となく、そう考えた。

※

アスターテはヴァリエール第二王女が大嫌いであった。

何せ、凡才である。

平民ならばよい。

それは許せる。

青い血の凡才は、アスターテにとって最も嫌う生き物であった。

「志願民兵10、親衛隊――騎士1名の犠牲で、敵の精鋭70と山賊30。計100を殲滅、と」

アスターテは、報告書にペンを走らせ、その紙をむしり取る。

「これ、リーゼンロッテ女王様宛てに、早馬で届けといて」

「承知いたしました」

アスターテの側近が頭を垂れ、その報告書を受け取る。

アスターテ公が開いた陣営内。

そこでは慌ただしく兵達が走り回り、民兵の治療に務めていた。

配下の騎士は、全員私の警護に務めている。

「さて、ヴァリエール第二王女殿下。初陣の結果、見事な戦績。ご気分は如何《いかが》？」

「……全て、志願民兵と部下の親衛隊。そして何よりファウストのおかげよ、私は何もしていないわ」

「まあ、そうでしょうけどね」

あっさりと頷《うなず》く。

正直言って、ほぼファウストの戦果であろう。

ファウストの尻を拝みに――いや、民兵の治療を引き継ぐ際にファウストと話したところ、多分今回のキルスコアは40くらいとの事であった。

あの男、キルスコアを一々数えていないためか数を少なく見積もる傾向があるため、確実に一人で半分以上を殺している。

あの憤怒の騎士が、敵国ヴィレンドルフに産まれなくて何より。

雑考。

それを取り止め、またヴァリエールの顔を見る。

はて、ヴァリエールという凡才はこのような目をしていたであろうか。

私や、アナスタシアの眼前ではじっと、何かに怯《おび》えて俯《うつむ》くような少女であったはず。

ふむ。

少し、話をしてみようか。

「ヴァリエール第二王女。小さな陣幕に移ろう。少し二人だけで話をしたい」

「……判ったわ」

「もちろん、親衛隊は陣幕の外に張り付かせておけよ。ここはヴィレンドルフの国境線。何が起こるか判らん」

「そうね」

私とヴァリエールは、小さな陣幕に入る。

そして粗雑な二つの折り畳み椅子に座り、私はヴァリエールに問う。

「自分の身代わりに親衛隊を失った。そしてその敵討ちに人を一人殺した。その気分はどうだ、ヴァリエール第二王女」

「……誰から聞いたの」

「ファウストからだ。こっそり、どうか御配慮願えますようにと、頭を下げて頼まれた。いやあ、ファウストは優しいねえ」

私は、ヴァリエールの顔を下から覗《のぞ》き込むように眺める。

「もちろん、その場では応じたさ。実際は配慮なんぞしないがね」

ファウストに嫌われるのは死んでも御免だ。

了承はした。

そうしてもいいとすら思った。

だが気が変わってしまった。

私は今のヴァリエールに興味津々である。

コイツ、少し変化した。

私の目を今もまっすぐ見つめている。

時折、凡才なりにこういう奴《やつ》もいるのだ。

何が変わった？

「実際どうだった？　人を殺した気分は？」

「ハンナは私のために誇りある死を遂げた。私は冷静にその仇《かたき》を取った。その行為は、青い血として、恥じぬよう務め上げたと思ってるわ」

「ふむ」

嘘《うそ》だな。

強がりというやつだ。

多分、半狂乱になって、親衛隊の仇を討った。

アナスタシアですらそうだったと聞く。

ヴィレンドルフ戦役――初陣では突然の襲撃に混乱し、親衛隊が殺された怒りで半狂乱となって敵を殺しまわり、一時私との通信が途絶えた。

女王リーゼンロッテの初陣もそうであったと聞く。

私自身、初陣では家臣を殺された怒りで、半狂乱となりながらも敵を殺したものだ。

そういう血族なのだ、私達《たち》は。

「なあ、ヴァリエール第二王女殿下」

「何、どうせ血族なんだし、この場ではヴァリエールと呼んでいいわよ」

「ではヴァリエール。お前は今回、ファウストのおかげとはいえ、立派な戦績を残した。これでは諸侯も法衣貴族達もそう馬鹿にはできない。お前は今後、何がしたい」

問う。

お飾りのスペアでは、もはやなくなってしまったヴァリエールに問う。

お前は今後何がしたい？

何を望む？

「……親衛隊」

「親衛隊？」

「あの子たちを、全員世襲騎士に育て上げる」

奇妙な返答であった。

私はお前が今後何がしたいかを聞いているのだ。

部下の今後を聞いているのではない。

「いや、まて。育て上げる？　どういうつもりだ？」

「私は女王の座に興味なんかない。なれるとも思っていない。相応しいだなんて、もっての外《ほか》。だけど、私にもね――」

ヴァリエールは握り拳を作りながら、そのぎゅっと握りしめた手の中に何かを見つけたようであった。

「私にも、家臣がいるのよ。今の今まで気づかなかった。馬鹿でしょう。私。凡才と貴方《あなた》に見下されるのも無理はないわ」

あはは、と乾いた笑いを挙げながら、ヴァリエールは答える。

「いずれ姉さまが女王になり、私は僧院に行き、それで私の人生はお終《しま》い。ずっとそう思っていた。でもね、私にもたった一つだけ譲れないものがあったのよ」

「それは……何かな」

私は、酷く興味を持って、その答えを待つ。

「あの子たちだけは――私の親衛隊だけは育ててみせる。各地に軍役、交渉、その他雑用でも何でもいい。あの子たちの階位を上げ、経験を積ませてあげられるなら何でもいい。その指揮官として赴いて、青い血としての義務を果たすわ」

変な女だ。

変わった成長の仕方である。

アスターテはそう素直に感じた。

偶然のような功績に恵まれ、欲望に溺れる者がいる。

家臣達の死を悲痛に思い過ぎて、狂った者が居る。

平民を、領民を愛しすぎて、その損失に耐えきれなかった者がいる。

青い血とは、これでなかなか悲惨な末路を辿《たど》る者が多い。

だが、ヴァリエールは違った。

親衛隊の未来以外の何もいらないと言うのだ。

ただそれだけのために、今後の青い血としての務めを果たしていくというのだ。

もちろん、それに付随する青い血の義務は、そのためにも果たして行くのであろうが。

変な女だ。

そう言わざるをえなかった。

情があまりに深すぎると、こういう成長の仕方もするのか。

「ヴァリエール第二王女殿下」

「何よ、急に改まって」

「私は正直、今まで貴女《あなた》の事が大嫌いでした」

その言葉に、ヴァリエールは微笑《ほほえ》む。

知ってるわ、そんな事くらい。

そんな表情であった。

「しかし、今の貴女はそこまで嫌いではありません」

「好きになってはくれないのね」

「青い血の王族としてはおそらく――いや、完全に間違っていますので。貴女はどこまでも凡人です」

そうよね。私もそう思うわ。

ヴァリエールがそうやって微笑む。

ヴァリエールはアスターテの言葉に答えず、ただ微笑みだけで肯定を為《な》した。

本当に、変な成長の仕方をしたものだ。

アスターテはそう思いながら、話を打ち切り、一人、先に陣幕を出る。

そして再び、ファウストの尻を拝みに行く事にした。

第17・5話　王都への帰路

帰路は暗い。

公爵軍に事後処理を任せて、私たちは報告のために王都への帰路についた。

ファウストと私が馬に乗り、旅団の先頭に立つ。

その後ろには、私の親衛隊、そしてファウストの領民達が歩いている。

その中に、一つだけポツンと荷車に乗せた遺体がある。

第二王女親衛隊副隊長、ハンナの遺体だ。

「ファウスト、ごめんなさい」

「何の事でしょうか？」

「行軍が、遅れているわ」

ファウストの領民達は、ハンナの遺体移送を手伝うと行ってくれたのだが。

第二王女親衛隊の全てが、その言葉には感謝するが、ハンナは最後まで私たちが連れて行くのだと言ってきかない。

戦闘で負傷、また初陣の疲労もあり、親衛隊が荷車を押す速度は遅い。

なにより、たまにザビーネが泣き出すのだ。

隊長のザビーネがあの有様で、副隊長のハンナは戦死。

私がしっかりしないと。
それだけを考えていて、親衛隊の皆が嫌がる事を承知で。
ハンナの遺体輸送を、ファウストの領民達に手伝ってもらうよう再度声を掛けようと。
「少し、お待ちを」
話を聞いていたのか、いないのか。
ファウストは愛馬フリューゲルの背中を少し撫《な》で、馬から降りる。
そして、駆け出した。
「ファウスト？」
何やら、たまに周囲に目配りしていたようだが。
何かを道端に見つけたようで、その巨体をしゃがみこませている。
手を繊細に動かし、何かを地面から摘み取っているようであった。
ゆっくりと巨体が立ち上がり、こちらに向き直る。
「花？」
それは、質素な野花であった。
この初陣勝利後とは呼べない暗い道程で、ようやくに見つけた群生地だったのだろう。
ファウストは小さな野花を沢山摘んでいた。
こちらへゆっくりゆっくりと大股で歩き、私の横をすり抜け、後列の配下たち――
親衛隊たちが動かしている荷車の上、ハンナの遺体にまで歩いて行った。

「ザビーネ殿」

ハンナの遺体を乗せた荷車を動かしている一人。

憔悴《しょうすい》しきった顔のザビーネが、不思議そうに答えた。

「ポリドロ卿《きょう》。その花は」

「ヴァリエール第二王女殿下をお守りした騎士に、心ばかりの敬意を。よろしいだろうか？」

ザビーネは沈黙する。

そして、少し悩んだ様子を見せた後に、答えた。

「……ハンナは、一度として男から花をもらう機会などなかったろうな。いいよ。きっと喜ぶだろう」

「有難うございます」

ファウストは感謝の言葉を一つ口に出し。

その両手一杯の野花を、ハンナの死骸を入れた簡素な棺桶《かんおけ》に、一つずつ詰めていった。

そして全てを収め終えたところで。

「ザビーネ殿、お気を確かに」

「判《わか》ってるよ」

ザビーネは、少しだけ気持ちが楽になったような、そんな感じで答えた。

嗚呼《ああ》、ああいうところなのだろうな。

私が為政者として足りておらず、ファウストが小さいながらも立派な領主騎士であるところは。

帰路の遅ればかりに気をとられる私に対し、ファウストはあの娘たちの心を安らげる方法ばかりを考えていた。

ファウストが、ゆっくりと私の横に近づいてくる。

「それでは、またのんびり行きましょう」

私はザビーネと同じように「有難う」と感謝の声を述べようとして。

余りにも小さく、「有難う」を囁《ささや》いた後に、声を消した。

ファウストが気づいた事に私は気づく事ができず、あまりにも恥ずかしくなったのだ。

偉そうにそんな感謝の言葉を呟《つぶや》く資格が、私には存在しなかった。

ただ曖昧《あいまい》に、消した言葉の代わりの応諾を返す。

「……そうね」

ゆっくりと、行軍を開始する。

先ほどよりペースは速い。

小休止をはさんだ事もあるが、ファウストがやった一つの行為だけで、大分親衛隊の気分が変わったのだろう。

私にはこういう事ができない。

「ねえ、ファウスト」

「なんでしょうか。ヴァリエール様」

「ファウスト、私の相談役を辞して、姉さまの配下にならない？　そういう話があるのよ」

私には夢ができた。

あの親衛隊を、ちゃんと育ててみせる。

何でもやって、何でもやらせて、立派な世襲騎士にしてみせる。

だが、その夢にファウストを巻き込むのは悪い気がした。

「お断りしますよ」

ファウストからの返答は、あっさりとしていた。

「私はすでにアナスタシア第一王女殿下から誘いを受け、それを一度断っております」

「どうして？」

金銭や地位から来る役得というものなら、姉上の方がより多く与えてくれるだろうに。

ファウストは言葉を連ねる。

「理由は色々ありました。だが、今はヴァリエール様の事が気になっているというのがあります」

「私には何もないよ」

「この初陣前では、本当にそうだったかもしれませんが」

ファウストは愛馬フリューゲルの背を時折撫でて、その感触を楽しんでいる。

「初陣後、アスターテ公爵にきっぱりと自分のやりたい事を、自分の配下を育ててあげたいと言い切った貴女を、私は嫌いではありません」

「……アスターテ公爵から、話を聞いたの？」

「公爵軍と分かれる前に、全てを」

ファウストが、こちらの顔を見た。

「私とて情があります。ヴァリエール様、このファウストは貴女の事を実はかなり敬愛しているのですよ」

まっすぐと、こちらの瞳を見つめてくるファウスト。

一度、にこりと微笑んだ後に、また前方に視線を戻した。

私は、どこか気恥ずかしく思えた。

敬愛か。

私は、逆にファウストの事をどう考えているのだろう。

そんな事が、頭によぎる。

最初は純然たる契約だった。

代替わりのために、女王陛下への謁見を求める領主騎士の要求。

それに若干の金銭的報酬と、相談役としての地位からくる役得を与える。

対して、ファウストは私に、領主騎士として貢献してくれる。

その程度の事。

表向きには、その程度の事だが。

このヴァリエールにとっては、かなり違う点もある。

「父上」

お母様や姉上も、どの程度かは知らないが、ファウストへ似た感情を抱いているだろう。

これほどの巨漢ではなかったし、顔も違う。

優しいとはいえ、性格とて瓜二つ《うりふた》とまではいかない。

だが、似ているのだ。

亡き父上である、ロベルトにとても良く似ていた。

多分、醸し出す雰囲気がそうするのだろう。

「……」

お前は我が父の代わりを見つけていたのだな。

姉上に、以前王宮を通りすがる際に、一言だけ言われた事がある。

あれは、まさにファウストと父上が似すぎている事へ、それに未《いま》だ縋《すが》る私への揶揄《やゆ》だったのだろう。

だから、私が貰《もら》うぞ、という宣戦布告だったのかもしれない。

その時、私はこう考えた。

ファウストだけはあげたくないなあ、と。

私は先ほど、この心境とは矛盾した事を言ってしまった。

姉上の配下にならない？　と。

その二つは、矛盾しているが嘘《うそ》ではない。

この私なんかに忠誠を誓ってくれている、お馬鹿な親衛隊達《たち》全員に幸せになって欲しいと考えている。

そして、相談役であるファウストに対してもそうなのだ。

「ねえ、ファウスト、聞いてくれる？」

私はファウストに声をかけた。

「何でしょうか、ヴァリエール様」

ファウストは、少し不思議そうな顔をしている。

話の全ては終わったものと考えていたのだろう。

だが、終わってない。

それどころか、少々始まってしまった。

「私の相談役は貴方《あなた》よ。これからもよろしくね」

ファウストの私に対する感情は、ただの敬愛なのだろう。

だが、ファウストは確かに、私の事を見捨てる事はないと先ほど宣言したのだ。

この初陣で変化してしまった私の性格は少々、欲張りとなっているようだ。

「いつか」

叶《かな》うならば、いつか。

「いつか、貴方の、ファウストの領地であるポリドロ領を見てみたいわ」

いつか、全てが終わったならば。

ファウストの横にいたい。

将来、僧院に入り、全てが終わってしまう未来があるならば。

このヴァリエールという第二王女が、ポリドロ領という小さな領主の妻として迎え入れられる日もあるかもしれない。

今回の初陣で生まれた、小さな政治力をやりとりすれば、可能となるかもしれない。

そんな夢を少し、見てしまうのだ。

もちろん、私の可愛《かわい》い親衛隊よりも、私の事など優先されるものではないが。

「はあ」

そんな私の想《おも》いなど、ちっとも理解していないのだろう。

ファウストは目をぱちくりした後、少し困った顔をする。

「私の領地は裕福とは言えず、何のお構いも本当にできませんが、それでもよろしければ」

本当に、何一つ理解していないのだろう。

てんで鈍いのだ、ファウストという男は。

私の心に密《ひそ》かに芽生えた恋慕など、何も理解していないのだ。

「これからもよろしくね」

それだけ言って、口を閉じる。
また、静かな帰路が始まる。
もうすぐ王都に帰り着く。
私は静かに、ハンナのための葬送について手配ができるように、手順を考え始めた。

第18話　戦後処理はこれから

王城内を歩く。

私ことヴァリエールは、戦地での処理を終え、王都アンハルトに帰還していた。

もちろん、第二王女親衛隊たち――ハンナの亡骸《なきがら》と一緒に。

その埋葬は親衛隊と、相談役であるファウストと私。

その16名の参列者のみで、静かに行われた。

お母様が、貴女《あなた》を守ったからには相応の格式でと、法衣貴族の武官達――女王親衛隊を含めたそれで、厳かに行おうと提案してくれたが。

それを、ハンナが喜んでくれるとは思えなかった。

私と親衛隊たちは、仲間内だけで葬儀を執り行う事を望んだ。

そうする事が、ハンナは一番喜んでくれるだろうと考えたのだ。

何より話が大きくなり、状況に掌《てのひら》返したハンナの家族が墓参りに訪れるなど、ハンナは決して喜ばないだろう。

むしろ、怒られてしまう。

「ザビーネ」

「なんでしょう、ヴァリエール様」

「ハンナの事は吹っ切れた？」

傍《そば》にいる、ザビーネに声を掛ける。

ザビーネは悲しそうな顔で、軽く首を振った。

まだ、完全には立ち直れていないようだ。

「姫様。あの小さな村の直轄領の人達に関してですが」

「それは貴女の知ってる通り、アスターテ公に。それから、お母様にも頼んだ。何も心配いらないわよ」

ザビーネが死地に駆り立てた者たち。

重傷を負いながらも、志願民兵を指揮し、青い血としての名誉を回復した代官。

生き残った重傷者を含む志願民兵計30と、救出した男に少年達。

そして10の亡骸は、アスターテ公が輸送してくれるとの事であった。

カロリーヌが抱えていた財貨や領民の武装は、全てアスターテ公爵が回収した。

やがて、直轄領の遺族への補償に充てられるとの話である。

女の数こそ減ってしまったが、男と少年達は取り戻した。

いずれ、お母様から命令を受けた官僚貴族が、減ってしまった人数分の移住者を見繕い、毎年少しずつ様子を見ながら村民の数を増やし、小さな村の小さな幸せを取り戻すであろう。

死者たちへの悲しみが癒えるまで。

カロリーヌが破壊した村の痕跡が消えるまで。

大分、時間がかかってしまうであろうが。

きっと、ザビーネが立ち直るよりも時間がかかるだろう。

「そうですか」

そのザビーネだが、今回、階位が二つ昇位した。

他の親衛隊も全員、階位が一つ昇位した。

今回の功績ばかりは、直轄領を襲い、男や少年達を攫《さら》い、財貨を奪い、ましてヴィレンドルフにそれらを売り渡し亡命しようとした売国奴――

そのカロリーヌ討伐の功績としては、昇位にふさわしいと判断したとお母様が言っていた。

ただし、ザビーネの二つ昇位については、少しファウストが口を挟んだが。

民兵を徴兵したのは隊長であるザビーネの功績と聞いていますが、と不思議な顔をするお母様。

「あの状況では最適解であった。最適解であったのは結果から見ても明らかではあります。それは認めます。ですが、進言したい事が」

ファウストは、あのザビーネの演説に対して、自分が思っていた事を素直に語り、苦言を呈した。

お母様はその内容に頬をひきつらせ、言われれば私もアレは青い血としては不味《まず》かったと思い返す。

しかし、勝てば官軍である。

お母様は吟遊ギルドに命じて、ザビーネの熱い鼓舞に応じて民兵達が自ら志願したと英傑詩を作り上げ、今回に関しては適当に誤魔化しておく、と答えた。

まあそれ以外に他はない、というファウストの何かを諦めた表情は今でも思いだせる。

結果、ザビーネの二つ昇位に関しては変更がなかった。

次回は本気でファウストを怒らせかねないので、ザビーネには言って聞かせなければならない。

もっとも、言わずとも、二度と同じ事をするとは思えないのだが。

ザビーネは民兵を駆り立てて死人を出した事を、ハンナの死を、心から悔いている。

吟遊ギルドに命じられた吟遊詩人たちが王都中で謳《うた》い出すであろう、その捏造《ねつぞう》された英傑詩を聞いて、更に心を痛めるような事がなければよいのだが。

きっと、無理だろうな。

ザビーネの顔色は冴《さ》えない。

夜、ちゃんと眠れているのであろうか。

私も時々、あの戦場音楽や、自分が殺した女の顔を夢に見て、ベッドから飛び起きる事がある。

やがて、それも時間とともに収まるのであろうが。

「……」


そういえば、今回のファウストの功績に対しては何が与えられるのであろうか。

ファウストなくして、今回の勝利はなかった。

ヴィレンドルフ戦役では、ファウストはその大きな功績に対しては少し満たない金銭を褒美として望み、お母様や法衣貴族には欲がない男だと言われたものであるが。

ファウストの今回の功績に対する褒美の発表は、未《いま》だに公表されていない。

いや、待てよ。

ひょっとして、私の歳費からちゃんと出さないと不味い？

ファウストは第二王女相談役として参加してくれたのよね。

だから、私から褒美を出すのが当然で、だからこそお母様も未だ何も言ってくれない

――


うんうんと、頭をうなずかせる。

私に与えられた権限での少ない歳費では、とてもファウストが満足いくような報酬は出せないぞ。

また後で、お母様に相談しなければ。

今回に関しては、正直、国の歳費から出してくれ。

或《ある》いは、私の歳費をこの際増やしてくれ。

国の面子《メンツ》を守ったんだから、それぐらい良いだろう。

そう願う。

そんな事を考えながら、王城の廊下を歩いていると。

「あら、ヴァリエール。こんにちは」

「姉さま。えっと……こんにちは」

私は姉上――アナスタシア第一王女に声を掛けられ、その眼光に硬直する。

駄目だ。

アスターテ公とは視線を合わせられたのに、姉上相手だとさすがにキツイ。

そもそも、本当に目つきが悪いのよ姉上。

あのファウストですら、視線を合わせるのを嫌がるのよ。

私だって、怖がるくらいは許されるわね。

でも、駄目だ。

第二王女として、親衛隊に恥じないように青い血として立つと決めたのだ。

視線を合わせなければ。

「ヴァリエール、挨拶ぐらいはマトモにできるようになったのね。とても良い事です」

「えっと……有難う、御座います？」

私は困惑する。

今のは、姉上が、少しは私の事を認めてくれた言葉と受け止めてよいのだろうか。

「貴女に、少し聞きたい事があります」

「はい」

姉上が、私に聞きたい事？

それは何であろうか。

「私が貴女に教えた、初陣における心構えは役に立ちましたか？」

「……」

初陣における心構え。

一つ、戦場では何が起こるか判《わか》らない。事前に得た情報に齟齬《そご》が生じる事。

一つ、後方の安全圏にいると思いきや、突如として敵の精鋭が襲い掛かってくる事。

もう一つは――自分にとっての愛する人間が、死ぬ事すら平然と起きるという事。

「戦場は、全て姉さまの仰《おっしゃ》る通りの事が起きました。ですが、役立てる事はできませんでした」

「そうですか。ファウストやアスターテによる、それぞれの報告は読みましたが、それにしたって余りにも酷《ひど》い状況だったようです。気にする事はありません」

「いえ、役立てる事ができず、申し訳ありません」

素直に、謝罪する。

あの時の姉上の気持ちはよく判らなかったが、姉上なりに気遣ってはくれていたのだ。

「ヴァリエール」

「はい、姉さま」

姉上が、その蛇のような眼光で、じっと私の瞳を見つめる。

「貴女は――愛する者が目の前で死にゆく状況下でも、冷静に対処する事ができましたか?」

「……いいえ」

アスターテ公には強がりを言ったが、今回は正直に答える。

私にはできなかった。

それは王族として失格なのだろうか。

「なれば、それは良い事です」

「は?」

思わぬ、姉上の言葉にきょとんとする。

姉上、何が言いたいのだ。

「初陣で愛する者が殺された場合、半狂乱に陥って、敵目掛けて暴れまわる。それは我が血族の特徴です」

「……」

それでいいのか、我が血族。

本来、冷静であるべきじゃないのか。

それこそ、緊急時なのだから。

「私は、正直貴女が本当に我が血族の血を引いているのかと疑っていました」

「……」

私、そこまで姉上に嫌われてたのか。

嫌われているのは知っていたが。

正直、愕然《がくぜん》とする。

「ですが、違ったようです。見直しましたよ、ヴァリエール」

「あ、有難うございます」

今度こそ、私にもハッキリ判るように姉上は褒めてくれた。

一応、誇りに思っていいだろう。

その内容は、正直言って私には微妙に思えるのだが。

「さて、私の話したい事は終わりとしたいところですが、ヴァリエール。まだ言いたい事が」

「はい」

少し、胸を張りながら答える。

この様子だと、そう無体な事は言われないだろう。

「貴女《あなた》、余計な事をしてくれましたね。貴女の功績のせいで、私の女王就任が少し先に延びました。リーゼンロッテ女王曰《いわ》く、宮廷内のバランスを考えろ、との事です。大人しく逃げ帰ってくれれば良かったものを」

「……」

無茶苦茶に無体な事言われた。

知るか、そんなの。

私の功績を全力で否定しにかかるなよ。

「ヴァリエール。死んでは何も意味がありませんよ。生きてこそ花は咲きます。我々王族は、その立場として、最高指揮官として絶対に死んではならないのです。貴女がもし死んでいた場合、たとえ戦いに勝利したとしても、王家は初陣の補佐を務めていたファウストに対し何らかのペナルティ、罰を与える事も考慮に入れなければなりませんでした」

「それは判っております」

姉上、その言葉通りにとると、最終的に心配しているのは私じゃなくて、ファウストの方じゃないのか。

そんな疑念を抱く。

「それと最後に二つ」

「まだ何か？」

私は正直ウンザリしていた。

これ以上、一方的に責められるのは嫌だぞ。

私はそう考えるが。

「一つは、よく生きて帰りました、私の妹」

私は、喜びよりも驚愕《きょうがく》する。

そんな言葉が、姉上の口から飛び出すとは思わなかった。

あの鉄面皮の姉上が。

法衣貴族から、本当に自分と同じ血が通っているのか、と疑われる姉上が。

あの鬼そのものの視線で子供のころから私を睨《にら》みつけてきていた、あの姉上が。

これは快挙である。

快挙そのものである。

「もう一つは、ヴァリエール。直《じき》に、アスターテが、私の相談役が直轄領に村民を送り届け、ついでの仕事をこなして帰ってきます。用意しておきなさい」

「用意？　ついでの仕事とは？」

私は思わず、心の底で全身全霊を籠《こ》め、これは快挙であるぞ、と快哉《かいさい》を叫んでいたが。

もう一つの話に、疑念を浮かべる。

何の用意だ。

ついでの仕事とは？

「まだ、戦後処理は終わっていません。今回、貴女を追い詰めた最大の原因、売国奴カロリーヌの姉である、ヘルマ・フォン・ボーセル。家督相続を勝ち取り、ボーセル領の領主となったヘルマ。それは結構。だがその際、カロリーヌとその配下を逃した。結果、カロリーヌは山賊を指揮下に置き、我が王家の直轄領を襲った。その手抜かりへの追及がまだです。アスターテは直轄領に寄るついでに、ヘルマを王都に連行して帰ります」

「……」

ハンナの死に衝撃を受けすぎて、忘れていた。

それがまだ残っていたか。

我々が苦境に追い込まれた、最大の原因。

完全に思いだした。

そもそも、今回の原因である地方領主の長女たるヘルマ・フォン・ボーセルへの多額の謝罪金――戦費の請求を、ファウストから依頼されていたのであった。

私は自分のケツも拭けない領主騎士が反吐《へど》が出る程嫌いです、と。

それがファウストの言い分であったか。

「まあ、貴女がヘルマを問い詰めるのではありません。母上、リーゼンロッテ女王が王としてヘルマを問い詰めます。ですが、貴女は関係者であり、その迷惑をこうむった者なのです。その裁定に不満があれば、意見を述べる。その資格があります」

「私の……意見」

「その罪と罰への裁きは、王の間で、法衣貴族、そして諸侯やその代理人を集め行われます。全員は忙しくて参加できそうにありませんがね。貴女は相談役であるファウストと、同席しなさい」

「判りました」

最後の発言、それを終えて、姉上が背を向けて廊下を立ち去る。

私は怒るべきなのだろう。

あのような事がなければ、私はただの山賊退治を済ませ、おそらく親衛隊全員そろって王都に帰還していた。

まあ、あくまで仮定の話で、戦場では何が起こるか判らないが。

怒りはどうにも湧いてこない。

あの、憎むべきであろうカロリーヌに対してもそうなのだ。

もはや、何事も片付いてしまった。

そんな心境であった。

だが、まだ終わりではない。

終わりではないのだ。

「御免、ファウスト。領地に帰りたがっているところ悪いけど、もう少しだけ力を借りるわ」

私は、王家から与えられた下屋敷で今頃、私は何時《いつ》になったら今回の報酬を貰《もら》い、何時になったら領地に帰れるのだ？　と愚痴っているであろうファウストに心の中で詫《わ》びた。

第19話　ヘルマ・フォン・ボーセルの弁明

王の間。

リーゼンロッテ女王が玉座に座るその席で、法衣貴族と諸侯たち、そしてその代理人たちは、互いに向かい合うようにして立ち並んでいた。

この場は、ヘルマ・フォン・ボーセル。

領民1000名を超える街の、家督相続戦を勝ち抜いた地方領主。

その罪、カロリーヌを逃した手抜かりを裁くべき場である。

法衣貴族と、諸侯たちは、ファウストの見解で言うと検察と弁護人。

その立場として立っていた。

法衣貴族は、この機会に問題を起こしたボーセル領を取り潰したい。

そして直轄領としたい。

その思惑があった。

法衣貴族たちは、さながら検察である。

その発言は、要約するとこうである。

「ボーセル領は取り潰しとすべきである！」

諸侯たちはその真逆である。

幾ら寄親《よりおや》とはいえ、いくら主君とはいえ、リーゼンロッテ女王が地方領主を取り潰す。
過去にもないわけではないが、前例を増やす事だけは阻止したかった。
自分達《たち》の立場と考えてみれば、これだけ防ぎたい事態はない。
さながら、諸侯たちはヘルマの弁護人であった。
その発言は、要約するとこうである。
「謝罪金をポリドロ卿《きょう》と王家に支払う。それで済ませるべきであろう」
両者はその互いの立場を認識しながら、相対し、王の間に立ち並んでいた。
もちろん、彼女達の考えをリーゼンロッテ女王は理解している。
「双方、控えよ。全てはヘルマ・フォン・ボーセルの弁明を聞いてからの決断とする」
両者を、その威厳ある声によって押し止《とど》める、リーゼンロッテ女王陛下。
その右傍に控えるのは、第一王女アナスタシア、その相談役アスターテ。
その左傍に控えるのは、第二王女ヴァリエール、その相談役ファウスト。
これにて、役者は揃《そろ》う事になった。
後は、ヘルマ・フォン・ボーセルの登場を待つばかりである。
どんな弁明を述べるのか。
どんな反論を為《な》し、自領への被害を防ぐのか。
愉《たの》しみである。
ファウストはやや愉悦を含みながら、その裁きの場を待っていた。

そもそも、ファウストにとっては今回の軍役は気に食わない事ばかりであった。

地方領主であるヘルマが逃した、カロリーヌによる初陣規模の拡大化。

結果的に見れば仕方ないとはいえ、ザビーネの青い血の本分を忘れたような演説。

志願民兵10を失い、親衛隊1を損失した戦場での結果。

何より、カロリーヌの最期の遺言。

マルティナという名は誰の事か、それはアスターテ公爵に事前に聞いた。

カロリーヌの一人娘の事であると。

不愉快であった。

やはり、聞くべきではなかった。

今頃、縛り首にされている事であろう。

頑是《がんぜ》ない子供が、殺されてしまう事。

それが青い血の子供であろうとはいえ、それはファウストの――前世の価値観とは相いれぬ事であった。

だが、終わってしまった以上は仕方ない。

自分には、ファウスト・フォン・ポリドロという一介の辺境領主にはもはや何もできないのだ。

そう考える。

やはり、ヘルマ・フォン・ボーセルは裁きを受けるのに相応《ふさわ》しい人物である。

おそらく、諸侯の弁護により取り潰しとまでは行かないが、多額の謝罪金が私や王家に支払われるであろう。

ファウストはそう結論付けた。

「ファウスト、何を笑っているの？」

「これから、ボーセル卿に突きつける謝罪金、その報酬を期待しているのですよ。軽蔑しますか？」

「いいえ、ファウストにはそれを望む権利があるわ」

これは意外だ。

ヴァリエール様は、私のその考えをあっさり肯定した。

少しばかり、成長なさったようだ。

初陣を通して、何かを摑《つか》んだのであろうか。

そんな考えをしている間に、ついにこの裁きの場に当事者が訪れた。

「ヘルマ・フォン・ボーセル、御前に」

ヘルマ・フォン・ボーセル。

カロリーヌとの家督争いを勝ち抜いた、その姿が現れてみるに。

何というか——病弱。

それ、そのものの姿であった。

まず、杖《つえ》をついていた。

右足に重傷を負っていた。

おそらく、カロリーヌの攻撃によるものであろう。

だが、それを別として、ヘルマのその姿は病弱そのものであった。

顔は青白く、その手足は枯れ木のように細かった。

まるで、死の際の母親マリアンヌのような。

このような人間が、長生きできるわけがない。

そんな容貌であった。

リーゼンロッテ女王も、その容貌を見て愕然《がくぜん》としている。

「ヘルマよ。家督争いの際に、カロリーヌから受けた傷が、まだ癒えぬのか？」

「……いえ、陛下。元より、この身、この容貌でございます。失礼を」

ヘルマが、その病弱な容貌で答える。

……よく、カロリーヌの手から逃げられたものだ。

私が抱いた疑問を、そのままリーゼンロッテ女王が口にする。

「何故《なぜ》、お前はカロリーヌから逃げ切れた？　報告では……」

「死ぬべきでした」

ヘルマは答える。

リーゼンロッテ女王陛下は、その返答に驚愕する。

「何!?」

「あのまま、私などは妹――カロリーヌに殺されてしまうべきだったのです。命惜しさ故、屋敷に設けられたセーフルームに逃げ込み、怯《おび》えながら、家臣達が妹を撃退するのを待っておりましたが」

ヘルマが、その病弱の身体《からだ》ながら、言葉と瞳に熱を灯《とも》しながら呟《つぶや》く。

「私など、あのままカロリーヌに殺されてしまうのが最高の結末であったのです」

「待て、ヘルマよ。私はそなたの領地の事情を知らぬ。他の皆もだ」

リーゼンロッテ女王が、そのまま独白を続けそうなヘルマの言葉を止める。

法衣貴族達や、諸侯やその代理人が、ざわつく声が聞こえる。

「詳しく、より詳しく事情が聴きたい。ボーセル領に何があった？　それを聞かねば判断ができぬ」

「……なれば恥を、我が領地の、そして私の恥をお話しいたします」

ヘルマは、その言葉に応じて語りだす。

「そもそも、私が、この長女であるヘルマが病弱に生まれ落ちた事がボーセル領最大の不幸で御座いました」

ヘルマが、回想するように呟く。

「対して、次女であるカロリーヌは丈夫な身体に産まれました。私の代わりに、領民に愛され、よく領民の間に交じっての統治を行い、そして16歳の頃から10年間、病弱な私の代わりに軍役を従士達とともに10年務めてまいりました」

カロリーヌ指揮下の領民の忠誠心は異常であった。

殲滅《せんめつ》するまで、一兵も逃げぬ連中であった。

カロリーヌをヴィレンドルフに逃がそうと、それさえ叶《かな》えばもうよいと、必死の形相で戦っていた。

思わず、戦場の事を回想する。

そして納得した。

10年来の関係。

あの時、カロリーヌを一廉《ひとかど》の人物と感じたのは間違いではなかったのだと。

「おそらく、母上も、本来はカロリーヌに家督を譲るつもりであったのでしょう。私には統治も軍役も果たせませんので。ですが、それを存命中に明らかにする事はありませんでした」

「何故？」

リーゼンロッテ女王の問い。

本当である。

それは何故か？

「今となっては判《わか》りませぬ。母上は卒中で急死しました故。病弱な私を憐《あわ》れんでいたのか、カロリーヌに何か私には判らぬ問題があったのか。思えば、カロリーヌの軍役に陪臣達を同行させず、軍役の間は領地の統治に仕事を回している事も不思議でありました。私には、本当に母上の心が判りませぬ。生前に後継者をカロリーヌに決めて下されば……このような事には」

返答は、空虚としか言いようがない回答であった。

全ては闇の中、か。

「私はカロリーヌが当然、家督を継ぐものと、産まれてこの方考えておりました。後継権は放棄するつもりでありました。何度も言いますが、私には統治も軍役も果たせませんでしたので。ですが、カロリーヌはそうとは考えていなかったようであります。あくまで、自分はスペアであると。今となっては後悔が尽きぬ話ではありますが、そう考えていたようなのであります」

「家族による、事前の話し合いはなかったのか？」

また、リーゼンロッテ女王陛下の問い。

「妹は、カロリーヌは、統治や軍役をスペアの自分に押し付ける、病弱な長女の私を酷《ひど》く嫌っておりました故」

悲し気に、ヘルマが呟く。

一人息子であった、私にはその事情は判らない。

そういうものであろうか、と思うばかりだ。

逆に、法衣貴族や諸侯たちの幾人かは苦渋に満ちた表情をしている。

何か共感する点があるのであろうか。

我が傍《そば》のヴァリエール様も、同様の表情をしている。

……家督争いによる軋轢《あつれき》は、どこの家にもあるという事か。

「ともかく、カロリーヌは今思えば、将来を悲観していたのであります。亡き夫との一人娘、マルティナの行く末はどうなるのか。カロリーヌのみに忠誠を誓ってやまない、従士達や領民の扱いはどうなるのであろうか。領民1000名――それを超えるボーセル領にとって、彼女達は精鋭であれども少数派でございました。ひょっとすれば、母上の死により、邪魔者として殺されるものと疑心暗鬼になっていた可能性さえあります。あくまで推測にすぎませんが」

「……」

リーゼンロッテ女王陛下は、黙してそれを聞き入れる。

ヘルマの独白が終わるのを、ただ待っていた。

「結局、我が母上の死と共にカロリーヌは暴発いたしました。我が妹、カロリーヌは軍役を共に――同じ釜の飯と、生死を共にしてきた従士達や領民とともに領主屋敷に押し寄せ」

「結果は？」

結果は判りきっているが、リーゼンロッテ女王陛下は尋ねた。

「先に申した通りでございます。私はそのまま殺されるべきであったのを、命惜しさに安全な屋敷に逃げ込み、やがて数に勝る陪臣達である騎士やその兵士たちが、カロリーヌの軍勢をなんとか押し返しました」

ヘルマが、心の底から残念そうに呟いた。

「しかし陪臣達《たち》のそれは、忠義ではありませぬ。忠義ではないのです。ただ、長女が後を継ぐべきであるという慣例に固執し、自分達家臣が私ヘルマを傀儡《かいらい》とし、ボーセル領を自由に支配するという欲望あっての事でありました」

「……」

リーゼンロッテ女王陛下は、もはや言葉もないようであった。

そんな愚かな話があるものか。

そんな表情であった。

その先に、何の未来があるのか。

ボーセル領の人命は結局、100を超えて失われたと聞く。

軍役をこなしてきた従士、領民の精鋭たち。

それを失い、今後どうやって軍役をこなしていくつもりなのか。

カロリーヌを押し返したからには、陪臣達が今後こなす事も不可能ではないのだろうが。

それとて、軍役経験者はほぼゼロから始める事になり、何よりも70名の人的資源を失ったのだ。

反乱を起こされた時点で、正直詰みかけている。

ボーセル領としての明るい未来は、もはやそこにあるのか？

そんな表情をリーゼンロッテ女王陛下が浮かべる。

それを、ヘルマは敏感に感じ取ったようであった。

病弱ではあれども、愚鈍ではないようであった。

「そこに、未来はありませぬ、なれど、人とは緊急時となれば、目の前の事しか見られぬものであると愚考致します」

ヘルマの発言。

実際、ボーセル領ではそれが起こったのであろう。

話は続いていく。

「カロリーヌは、我がボーセル領から追いやられました。その際、領主屋敷から従士や領民が金目の物を奪い去り、馬車二つを奪い、軍役を共にしてきた従士と領民70名で、我がボーセル領から逃れました」

「その後、山賊30を吸収したという事か」

「話を聞く限りでは、リーゼンロッテ女王陛下の仰《おつしや》る通りでございま――ゴホッ」

ヘルマが咳《せ》きこんだ。

ゴホン、ゴホン、と鳴る音は如何《いか》にも苦し気で、その咳に血の痰《たん》が交じっていたとしても私は驚かなかった。

事実、同じ容貌であった私の母親マリアンヌが咳をした際には、血の痰が交じっていたのだから。

「失礼しました」

「気にするな、話を続けよ。ゆっくりでよい」

「承知しました」

ヘルマが、話を続ける。

「山賊を吸収したカロリーヌはその後、誠に弁解しようのない行為に出ました。敵国ヴィレンドルフへの手土産のため、あろう事か王家の直轄領を襲い、男や少年達を攫《さら》いました」

「……そこから先は、ファウスト・フォン・ポリドロの報告書で知っている。その略奪には成功し、そのままヴィレンドルフに亡命しようとしたのだな」

「はい。全てを失った——少なくとも我が妹であるカロリーヌはそう考えた。その最期の終着点は、つまるところ亡命以外に何もなかったのでありましょう」

これで、話は繋《つな》がった。

「カロリーヌ追撃の軍を出せなかったのは？」

「家臣達がその領外への出陣を、命を賭けての追撃を拒みました。一度領外に出れば、軍役経験者であるカロリーヌのテリトリーです。自分の命が脅かされると考えたのでしょう。私ヘルマは、直轄領に逃げるよう使者を出すのが精一杯でした」

「もはや、お前の家臣の低能さには呆《あき》れてものも言えんな」

結論から言おうか。

つまり、お前が死ねばよかったんだよヘルマ。

私は冷たい思考を走らせる。

お前自身も認めている事だ。

だが、さすがにそれを口にする事は――

「ヘルマよ」

リーゼンロッテ女王陛下が、語り終えたヘルマに問いかける。

「何故《なぜ》、お前は死ななかった」

直球であった。

ファウストですら、さすがに口にはできない言葉を、リーゼンロッテ女王陛下はあっさり口にした。

カロリーヌが勝利していれば、少なくとも直轄領は襲われなかった。

10年もの間、軍役に、国家に貢献してきたカロリーヌが死ぬ事もなかった。

陪臣達も、ヘルマが討ち取られた以上はカロリーヌに従ったであろう。

ヘルマの命などは、度外視していた。

死ぬべき時に死ね！

それが青い血の生き方ではないか。

それがリーゼンロッテ女王陛下の出した結論であった。

だが、ヘルマの答えもそれに即したものであった。

「……最初に、恥を話すと申しました。それが全てでございます。今考えれば、私が死ぬべきでございました」

緊急時故、思わず命惜しさの行動に出てしまったという事か。

それに関してはどうしようもない。

私は思わず、舌打ちが出そうになり、それを止めた。

この王の間に、さすがにそれは相応《ふさわ》しくない。

全てを正直に告白したヘルマにも。

「リーゼンロッテ女王陛下、お願い申し上げます」

「何か」

リーゼンロッテ女王陛下は、周囲にその不機嫌をまき散らし始めていた。

その主君の怒気を読み取り、法衣貴族も、諸侯たちも何も言えないままでいる。

そんな空気の中で。

ヘルマは、血を吐くような声で絶叫した。

「妹、カロリーヌの遺児、マルティナの家督相続を御認《おみと》め頂けるよう、お願い申し上げます。もはや、我が領地には、ボーセル家には、その道しか残されていないのです！」

その絶叫による嘆願は、驚愕《きょうがく》の内容であった。

カロリーヌの一人娘、マルティナはいまだ生きている？

何故？

すでに縛り首になっているべきではないのか？

そう困惑の空気が王の間を立ち込める中、ヘルマは叫び続ける。

法衣貴族と、諸侯たちのざわつく声を無視しながら。

「何卒《なにとぞ》――なにとぞ、マルティナの命をお許しいただき、その家督相続を。我が領地、ボーセルにはもはやそれ以外の道が！」

売国奴であり反逆者であり、家督争奪の敗北者であるカロリーヌの遺児、マルティナをボーセル領の跡継ぎとするという、矛盾した言葉を。

ボーセル領の家督争奪戦の勝利者、いや、間違って生き残ってしまったヘルマは、血の痰を吐きそうな顔で叫び続けた。

第20話　窮鳥懐に入れば猟師も殺さず

リーゼンロッテは怒気を、意図的にまき散らしていた。

そうして法衣貴族や諸侯、その代理人たちを黙らせていた。

しかし、頭は冷静である。

その頭から出た結論は――取り潰しだ。

相手は地方領主、ボーセル領の土地はあくまでもボーセル家のものである。

だが、知った事ではない。

不手際に不手際を重ね、我が娘ヴァリエールを本当に死ぬ寸前にまで追いやった。

それを機に、初陣でヴァリエールは思わぬ成長を見せたようであるが。

だが、それは今は関係ない。

今は我が娘の事は関係ない。

この場の私はアンハルト王国に君臨するリーゼンロッテ女王である。

被害を受けた娘の事すら計算の一つに過ぎず、今考える事は我が王家が如何にボーセル領を取り潰し、直轄領として組み入れるか。

その結論にまで持っていくのが、課題であった。

しかし、もはや課題を達成するには容易《たやす》いようだ。

余りにも愚か。

ゆえに、ボーセル家は取り潰しとする。

それがリーゼンロッテが出した結論である。

「ならん」

そうして言葉を吐く。

「カロリーヌは罪を犯した。その子も同罪である。未《いま》だ縛り首にしていない事に驚いた程だ。その子供、マルティナと言ったか？　それを次期ボーセル領の家督相続人とする？　馬鹿も休み休み言え」

「私は見ての通り、病弱ゆえ。領内には隠しておりましたが、夫こそいるものの、まだこの身体《からだ》がマシだった頃に産んだ子は死産でございました。もはや、ここまで病に侵された身体では、二度と子を孕《はら》む事などできぬでしょう」

ヘルマが、また勝手な事を言う。

だから、それを領内に漏らしておけば、このような事にならなかったであろうが。

将来的にはカロリーヌの子、マルティナの相続が確定する。

それさえ知っていれば、カロリーヌは反逆など起こさなかった。

「もはや、ボーセル家を継ぐ血族はマルティナを置いて他におらぬのです」

その心配をする必要は、もはやない。

お前の心配など無意味。

ボーセル家は取り潰しだ。

心の冷たい部分でそう考える。

「結論から言おう、ボーセル領は……」

諸侯やその代理人達《たち》は反対するであろうが、この状況でねじ伏せるのは容易い。

さっさと終わらせてしまおう。

「お待ちください。リーゼンロッテ女王陛下。決断を下す前に、もう一人、会わせたい者がおります」

右傍に控えていたアスターテ公爵の声が、王の間に響く。

その顔つきは真剣そのものであったが――この場では、余計な事でしかない。

「会わせたい者?」

「カロリーヌの子、マルティナを連行しております。どうか一度御会《おあ》いになってください」

何を今更。

反逆者で、亡命を企《たくら》んだ青い血の子など、縛り首が相当。

今更会ってどうするというのか。

だが、アスターテの言葉である。

会ってみるのも一興か。

「良いだろう。呼べ。時間はかかるか?」

「すでに控室で待たせております。時間は取らせません」

そう呟《つぶや》いて、アスターテが衛兵に命じ、控室に待機させておいたらしいマルティナを呼び寄せる。

さて、どんな子供か。

そこまで考えたところで、はて、アスターテの性格からすると。

「……」

衛兵に連れられ、王の間に現れたのは手鎖を付けた齢《よわい》8～9の少女であった。

その瞳は幼子とは思えぬ叡智《えいち》を感じさせ、なるほど、アスターテが。

あの才能狂いが気にかけるわけだと思った。

どうやら、この子の助命だけは許せとの事か。

「……」

それにしても、この子何故黙っている？

助命嘆願はせんのか？　と少し悩むが、はた、と気づく。

「許す。発言を許可する、マルティナ」

「有難うございます、リーゼンロッテ女王陛下」

膝を折り、手鎖の姿のままながらも礼を整えて、私に言葉を紡ぐマルティナ。

発言許可を待っていたのか。

本当に賢い子らしい。

「リーゼンロッテ女王、恥ずかしながら、嘆願が一つございます」

「何かな」

これなら、この子の命ばかりは助命してもいいという気にもなる。

平民に落とし、その牙を抜き、最低限の生活援助を行うだけになるであろうが。

大した手間ではない。

だが、そのマルティナから出た言葉は、驚くべき言葉であった。

「私の死刑は、ファウスト・フォン・ポリドロ卿《きょう》による斬首を望みます」

「……は？」

私は、思わず女王としての仮面を脱ぎ捨てて、素の言葉が出た。

「我が母の罪は明白。王家への反逆者にして亡命を企んだ女です。で、ある以上は、私の死刑も当然でしょう。なれど、罪人とはいえ親は親。せめて、親と同じ死に方を望みます。せめて最期は、青い血として誇りある死に方がしたい。縛り首は恥なれど、あの憤怒の騎士、ファウスト・フォン・ポリドロ卿に討たれ、母と同じ運命を共にしたとあれば恥ではありませぬ」

もはや、それを望む姿すら恥かもしれませぬが。

そう、齢9にも満たぬかもしれぬマルティナが呟いた。

聡《さと》い子だ。

本当に聡い子だ。

殺すには惜しい。

アスターテめ。

才能を愛する、悪い癖が出たな。

「ひょっとすれば、同じ死に方をすれば、黄泉路《よみじ》で母と再会できるやもしれませぬ。どうか、どうか寛大なるご慈悲を」

私に、この子の助命を、青い血として助命を、心の何処《どこ》かでアスターテは願っているのであろう。

だが、そう上手《うま》くいかせるものか。

この子は逆に賢すぎた。

再起し、王家に反逆する危険性がある。

危険性は全て潰すのが私の主義だ。

「衛兵。ポリドロ卿に帯刀を許可する。卿から預かっている剣を今すぐ持って来い」

「は、はい！　承知しました」

私を甘く見るなアスターテ。

この子の青い血としての名誉は守ってやろう。

だが殺す。

この子にとっても、それが幸いだ。

リーゼンロッテは、そう考えた。

それが何よりの間違いであった。

リーゼンロッテは、ファウストのその姿形に執着すれど、その性格を詳細までは知らぬ。

憤怒の騎士、戦場にて勇猛果敢なその姿を描いた英傑詩、戦果報告でしか知らぬ。

しかし、アスターテはヴィレンドルフ戦役を共にし、その王都での下屋敷の生活を監視し、その本性をどこまでも理解していた。

その差が、この場にて出た。

※

ふざけるな。

「ポリドロ卿。王の間ではありますが、貴卿の帯刀を許可します」

本当に、ふざけるなよ。

私は静かにブチ切れていた。

この手で、齢9に満たぬ子供の首を刎《は》ねろだと。

これが他人の事であれば、良かった。

ファウスト・フォン・ポリドロは傍観者でいられた。

このファウストは、正直に言ってしまえば凡人とは程遠い。

筋骨隆々の鍛え上げられた身体、亡き母親から受けた騎士教育。

アンハルト王国の女にこそ醜男と蔑まれるものの、青い血としての誉れ。

その具現化そのものであった。

だが、その出生には僅かながら雑念がある。

どうしても前世からの雑念が混じる。

これがただの傍観者であれば、私はまだ我慢できたかもしれない。

所詮は他人事《ひとごと》であると見捨てる事ができた。

青い血として、罪人の子である、一人の少女が死に行く姿を心の底から憐《あわ》れみながらも、その死体をせめて安らかに弔う事を進言する。

その程度で済ませたのかもしれない。

だが、当事者となってしまったからには、話は全く別であった。

脳に、血が滾《たぎ》る。

ふざけるなよ、リーゼンロッテ女王。

「断固拒否する。このファウスト・フォン・ポリドロにこの頑是ない子供の首を刎ねろと申すか！　私を侮辱するのか!!」

激昂《げきこう》した。

衛兵が恐れおののき、グレートソードを床の絨毯《じゆうたん》に取り落としそうになるほどの激昂であった。

私の顔面は、その憤怒の騎士の名と同じく、真っ赤に染まりきっていた。

その場にいる全員。

リーゼンロッテ女王陛下、法衣貴族、諸侯とその代理人。

アナスタシアにヴァリエール、ヘルマにマルティナ。

それらは驚愕《きょうがく》の顔を浮かべていた。

ただ一人、アスターテ公爵がこの場にそぐわぬ表情で、口笛を吹いた。

ふざけているのかアスターテ公爵。

貴女《あなた》なら、私が激昂するのも判《わか》っていそうなものを。

「リーゼンロッテ女王陛下、断固拒否します。いえ、もはやそれだけでは勘弁ならぬ！　我が手以外でもその子を殺す事は、もはや誰にも許さぬ!!」

私は無茶苦茶な要求を口走る。

亡き母親から受けた騎士教育としての青い血と、前世からの道徳価値観が奇妙なバランスを保ち。

ギリギリのラインで構成していた我慢の分水嶺《ぶんすいれい》が、完全に壊れた。

この世界の青い血にとっては、何が何やらよく判らぬ頑固な憤怒の騎士と化していた。

「ポリドロ卿！　落ち着かれよ!!」

諸侯の一人が叫ぶ。

「これが落ち着いていられるものか！　何故《なぜ》誰もその子を助けてやらぬ!!　何故頑是ない子供の首が刎ねられようとしているにも関わらず、誰も止めようとせぬ!!」

道理は通っていない。

自分でもそれを理解しながら――自分ですら見捨てようとしていた癖に。

そんな内心の何処か冷たい自分、傍観者のそれとは違う、無茶苦茶な台詞《せりふ》を吐いた。

これはもはや、それは理性ではなく感情からの言葉であった。

「その子自身が、マルティナが、何の罪を犯したというのか。母の罪を自分の罪と誤解し、その贖罪《しょくざい》をせんとする哀れな少女ではないか!!　私の青い血の誉れとしては、もはや許せぬ!!」

そうだ、これは誉れなのだ。

青い血と今は薄き前世の道徳感が混ざり合い、歪《いびつ》な誉れと化しているのだ。

それをこれ以上汚されるのは、もはやファウスト・フォン・ポリドロの存在そのものを揺るがす行為であった。

私は歩く。

その先祖伝来の魔法のグレートソードを抱える衛兵を。

傍《そば》にいるヴァリエールを。

それを無視し、ただ歩き、やがて手鎖を嵌《は》めたままのマルティナに近づき。

その手鎖を、この超人としての力任せに千切り捨てた。

「ファウスト!」

やがて、驚愕から正気に戻ったヴァリエール様の叫び声が響く。

ヴァリエール様、お許しください。

もはや私めは、このままではいられぬのです。

そう、心の中で謝罪する。

私が今、どうしたいのか。

自分でも判らないが。

判っていないのだが。

感情のままに、その奇妙な青い血の誉れはそこに姿形として表現された。

膝を折り、礼を整え、リーゼンロッテ女王陛下に進言する。

「リーゼンロッテ女王陛下」

「……どうした、ファウスト。何か私の決定に異議でもあるのか」

「今述べました言葉通りであります。マルティナの助命嘆願を願います」

リーゼンロッテ女王陛下は硬直していた。

今、彼女が何を考えているのかは判らぬ。

だが、やる事は——やってしまった事は変わりなかった。

「ファウストよ、いや、ファウスト・フォン・ポリドロよ。今、お前が何をしようとしているのか判っているのか？　我が王命に反したのだぞ。お前が殺したくないというならば、それはまあ良い。だが、その子の罪に対する裁定に対してさえも、私が王命により決定した事にさえも唾を吐いたのだ」

「たとえ主君でも。私の誉れに関わる事であれば、私は断固として拒否いたします」

静かに、返答をした。

陛下は呟《つぶや》く。

「その子の幸福がこの先あると思っているのか？　領地の反逆者にして、売国奴の娘だぞ。もはや青い血どころか、その義務を捨て、平民としての幸福すら望めぬやもしれぬ。後ろ指を指されながら生きる事はこの先間違いない。ここで名誉をもって殺してやるのが、その子の幸福やもしれんぞ」

「私は、青い血として今世で死ぬべき時に死ねぬのは一生の恥。なれど、生きてこそ、その先の可能性もあると思っているのです。……これでは返答に乏しいでしょうか」

我ながら、無茶を言っている。

こんな言葉でリーゼンロッテ女王を説得できるものなのだろうか。

できはしない！

そんな事ぐらい、愚かな私とて理解している!!

「その子が、マルティナが、お前を将来恨むやもしれぬ。何故、あの時殺してくれなかったのか。そう恨みの言葉を放ちながら、刃を向けるかもしれぬ。お前はどうする？」

「判りませぬ。マルティナを斬り捨てるのか、その刃を黙って受けるのか。それすら判りませぬ」

曖昧な言葉を返す。

判らないという返事を、正直に行う。

「ましてや、仮に――仮にだぞ。マルティナが、ボーセル領を継いだとしてどうなる。100名以上の死者を出したカロリーヌの子供への恨みは消えぬ。マトモな統治など行えるものか。その辺はどう考えておる」

「……」

もはや、返事のしようもなかった。

その統治判断においては、私などの言葉が及ぶところではない。

いや、仮初《かりそめ》の言葉であれば何とでも返せる。

だが、それは不正直、それこそ青い血の誉れに関わる。

リーゼンロッテ女王陛下の言葉は一貫として正しい。

そう私などは考えてしまった。

そんな理屈、十分承知の上で行動している。

しかし、もはや私には自分で自分を制御する事ができぬ。

傍観者ならばよかった。

だが窮鳥懐に入れば、もはや私がマルティナを見捨てる事は不可能であった。

「ファウスト・フォン・ポリドロよ。お前の誉れはどこまでも清い。眩《まぶ》しいほどに。だが、その誉れだけでは世は治まらぬと知れ」

リーゼンロッテ女王が、言葉を締めた。

ああ、我が言葉は届かぬか。

なれど。

それでも、私は。

「リーゼンロッテ女王」

膝を折る事すら止《や》め、その両足を綺麗《きれい》に折り畳み、頭を地に擦り付けた。

私は平身低頭していた。

法衣貴族達《たち》と、諸侯、その代理人が集まる満座の席で。

前世でいう土下座をしているのだ。

このアンハルト王国最強騎士の、見る者全ての哀れさを誘う、乞食《こじき》のような姿であった。

もはや、これぐらいしか手立てが思い浮かばぬ。

ごり、と。

頭を床石に擦り付ける音が、その場にいる全員の耳に響いた。

「ファウスト、止めよ。そのような事をしても何も変わらぬ」

リーゼンロッテ女王が玉座から思わず立ち上がり、それを止めるよう諭した。

「お前は、わが国最強の騎士である。自分の名誉をどう考えているのだ。お前にとって犯罪者の子供の助命など、何の意味もない。何の利益もない。お前はその先祖代々築いてきたポリドロ家への信頼に唾を吐く気か？」

返事はしない。

ごり、と。

頭を床石に擦り付ける音だけが、再び響く。
私はもはや、何も語らない。
そうすべきと考えたからではない。
リーゼンロッテ女王の言葉に対して理論的に、何の抗弁もできないからだ。
だから、ひたすらに、頭を床石に擦り付ける。
摩擦により、額の皮膚が破れた。
額から流れた血が、僅かに床石に滲《し》みつつあった。
「一度為《な》した決定を変えるつもりはない。理解せよポリドロ卿《きょう》」
土下座しても、頭を床に擦り付けて、この額の血を流しても。
決定は揺るがない。
私の誇りについてなど、リーゼンロッテ女王陛下の判断を左右するには至らない。
王として一度為した決定を歪《ゆが》めるなど、この頭を下げたところで叶《かな》わぬ事であった。
なれど、どうしても。
どうしても貫かねばならぬ私の本性がある。
「陛下、お話ししたい事があります」
「無益である。やめよ。話はもう終わりだ。早くその頭を上げよ！」
不機嫌そうに視線を逸《そ》らし、撥《は》ね除《の》ける女王陛下に。
私は何もかも無視して、頭を下げたまま静かに告げた。

「私がヴィレンドルフ戦役にて成した功績に対して、アナスタシア殿下が送ってくださったお褒めの手紙、それと同時に贈られた一つの羊皮紙を私は常に持ち合わせております」

たった一つだけ、手立てがある。

私はこの状況を覆す手立てを、私の本性から産まれた子供じみた嘆願が許される手立てを、たった一つだけ持っていた。

「ファウスト・フォン・ポリドロという騎士が命懸けの一騎打ちにて挙げた手柄を、主君として讃《たた》えるという名分にて、陛下がお与えくださった一度限りの慈悲がございます」

主君に仕える騎士として、卑《ひ》怯《きょう》未練が許される手段である。

主君の頭を踏みつける無礼すら、一度のみ許されるという手段であった。

ヴィレンドルフ戦役の戦功に対して、私がリーゼンロッテ女王陛下から送られた感状である。

これは。

たとえ封建領主として生きる身なれど、こればかりは私が摑《つか》んだものであるのだから、私が自分の誇りがために使い捨ててよいものであった。

「私が陛下から頂いた慈悲、それをこの場にて返上――」

私は胸元に手を突っ込み、それを取り出そうとして――

「止めよ！」

その手を止める、女王陛下の声が辺りに響いた。

驚愕《きようがく》に満ちた声色で、私の阿呆《あほう》を咎《とが》めるような声であった。

「――判《わか》った！　止めよ！　もうお前の誉れは十分理解した！　だから、その姿を今すぐ止めよファウスト!!　騎士として領地全ての名誉を背負っている事を自覚せよ!!」

リーゼンロッテ女王が、言葉を撤回する。

マルティナの斬首が撤回された。

膝を折りたたんだままに、指示に従って頭を上げ、黙ってリーゼンロッテ女王陛下と視線を合わせた。

「ファウストよ、お前という奴《やつ》は……。何のため、お前をそこまで」

リーゼンロッテ女王は、言葉足らずであった。

女王が何を言いたいのか、私には判らなかった。

これで、全ての問題が解決したわけではない事は承知している。

ひょっとしたら、リーゼンロッテ女王の言い分が全て正しいのかもしれない。

いや、常識論を言えば、リーゼンロッテ女王が正しい事など誰の目にも明らかであった。

だが、マルティナの助命嘆願だけは少なくとも、これで成った。

私にとっての誉れは、それで満足だったのだ。

誠にもって泥臭く、誰にも理解してもらえぬ。

英傑詩のような格好良さとはかけ離れた誉れである事など――誰よりも理解している。

額から血が流れ――唇の上を、つたうのを感じた。

プラスに考えよう。

これで一つ、ファウスト・フォン・ポリドロに貸しができた。

ファウストは義理堅い性格だ、その貸しは無駄にはならない。

首輪を一つ付けたと考えれば、賢《さか》しい小娘一つ生かしたところで損ではない。

保護契約の軍役以外でも、第二王女相談役としての立場以外でも、これでファウストに頼み事ができる。

リーゼンロッテ女王は、プラス思考で考える事にした。

そうでなければやってられなかった。

何で私がこのような仕事を――リーゼンロッテ個人が、好きで子供を殺したいと思っているのか。

女王だから仕方ないとばかりにやっているのだ。

それにしたって。

「貴様にその感状を与えたのは、このような下らぬ事に使うためではない」

小さく呟いた。

馬鹿げている。

死に物狂いの、それこそ勝つか負けるかも判らぬ敵将との一騎打ちにて。

地獄めいた戦場を駆け巡り、代償として得た主君からの一度限りの慈悲を。

私からの感状を、この場で初めて会ったばかりにすぎぬ幼子の助命嘆願に使うなど、許されてよいはずがない。

「それこそ本当に命懸けで得た栄誉に対して与えた報酬を。この場で使い捨てるように出されてしまっては――この私の器量の方が疑われるだろうに」

自分に言い聞かせるかのように、本当に小さく呟《つぶや》く。

ファウストの功績に対し与えられた感状に、幼子一人の命などが見合うはずもない。

これで感状と交換に嘆願を叶えるようならばファウストではなく、主君の側が頑迷かつ、狭量なのだ。

このリーゼンロッテが第三者の立場で判断したならば、そう吐き捨てるであろう。

もう、この状況では許すしかなかった。

ファウストの嘆願に対し、その頭を地に擦り付けてでも懇願するならばと、寛大な慈悲を見せるしかなかった。

もっとも、ファウストは私を脅迫しようなどと欠片《かけら》も考えていないだろうが。

多分――感状の価値を理解していないからだろうな。

「その感状は、ポリドロ家の子孫がたとえ戦場で裏切ったとしても、一度限りならば水に流し許してやるほどの価値なのだ」

それほどの価値で与えたのに。

ヴィレンドルフ戦役における戦功がそれほどであったからこそ、与えた感状であるのに。

——なんで、あっさりとどうでもよい事で使おうとするのか。

そんなにも幼子の首が刎《は》ねられるのを見るのが嫌か。

自分が得た栄誉全てと引き換えにしてでも助けたいか。

ファウストの性格の奥底を、その誉れを見抜けなかった——アスターテの策略に引っかかった私が悪いのか？

違うだろ。

絶対違う。

これは全部アスターテが悪い。

助命したければ、お前が言えば済む話であったろう。

アスターテがその権限と公爵としての立場で、マルティナにおける全責任を背負うと言うのであれば、私は応じた。

わざわざファウストを使うな、あの小娘が！

内心で、私人としてのリーゼンロッテが愚痴を吐く。

ブツブツとした小声を止め、状況を把握する。

ファウストの嘆願により荒れていた場は静けさを取り戻し、今は私による再度の裁定待ちであった。

あまり、長く引っ張る気もないのだ。

状況は少し変わったが、結論から言ってしまおう。

「ヘルマ・フォン・ボーセル、決断した。覚悟して聞け」

「はい」

「ボーセル領は全て接収し、直轄領とする。この決定に変更はない」

ヘルマは項垂《うなだ》れ、杖《つえ》を取り落とした。

この点だけは、譲る気はない。

「女王様、恐れながら、ボーセル領は我ら先祖代々の土地……」

「変更はないと言った。そのような言葉が通じる状況だと思っているのか?」

私はヘルマに問う。

「従士や領民100名以上を死なせ、軍役面で優れた家臣は全員カロリーヌに引き連れられ、我が娘である第二王女ヴァリエールの手により全員討ち死に。残る家臣はお前の言葉によれば、お前を傀儡《かいらい》としたい佞臣《ねいしん》ばかり。この状況下で、死にぞこないのお前が、領地をマトモに運営できるとでも? ハッキリ言おう。ボーセル領は詰んでいる。荒廃したボーセル領からどんな災厄が飛び出すか判らん。座視できぬ」

「……私が死ぬのは構いません。お望みとあれば、この場でこの命を絶《た》ちましょう。どうか、マルティナに領地を継がせる、そのお慈悲を」

お前の命など、心底どうでもいい。

ファウストが地面に擦り付けた頭に比べると、本当に何の価値もない。

舌打ちを一つする。

だが——

バランスを考える。

「最初はボーセル領を直轄領とし、マルティナは死罪と考えていた。ボーセル家は御家《おいえ》断絶、未来などなかった。だが、ポリドロ卿《きょう》に感謝しろ。あのような無様を見せてまで、その命を懇願したのだ。その未来くらいは保障してやる」

正直、諸侯やその代理人をねじ伏せるのは容易《たやす》い事だが。

バランスを考えよう。

家まで潰す必要はない。

「ボーセル家に、官僚貴族——世襲貴族としての地位を与えよう」

この辺りが丁度良いバランスであろう。

家までは潰さない。

これならば、諸侯たちも辛うじて納得しよう。

本音では気に食わないだろうがな。

「……」

ヘルマは黙って項垂れている。

納得はしていないだろう。

取り潰しとあれば、領主騎士には最後の一兵まで戦う連中もいる。

だが、その抵抗のための軍事力すら、今のボーセル領には少ない。

反発する陪臣達《たち》を、ちょいと潰して終わり。

その程度だ。

「納得したか？」

ヘルマに問う。

イエス以外の返答は求めていないぞ。

「……承知致しました。以後、ボーセル家を、マルティナの事をよろしくお願いします」

「まだ、マルティナに任せるわけではないぞ。家を継ぐのはお前だ」

まあ、その病弱な様子では直に死ぬであろうがな。

後、やるべき事が二つ、残っている。

「それで、今回の第二王女初陣の功績についてだが——ポリドロ卿」

「はい」

左傍にヴァリエールと共に控えている、今は落ち着きを取り戻したファウストに声を掛ける。

「お前が、ボーセル領からの謝罪金を期待していたのは知っている。それは王家が代わりに支払おう。一括払いが良いか、10年の分割払いが良いか、後で決めておけ。分割払いの方が額は多いぞ」

「……リーゼンロッテ女王、私は今しがた、王命に逆らった身で」

「功は功として認めねばならぬ。私に恥を掻《か》かせるつもりか？」

そう、功績は功績として認めねばならん。

だが——

「そして、罪は罪として問わねばならん。ファウストよ、お前は王命に逆らった。殺すのを嫌がるのはまだしも、助命嘆願は私が為《な》した裁定に対する明確な反抗である」

「……はい」

「お前には一つペナルティを与えねばならぬ。残念ながらな」

さて、どうするか。

正直、重いペナルティを与えて、ファウストへの貸しを目減りさせたくはない。

そうだな。

丁度いい、目の前の面倒事を片付けるようにしよう。

「マルティナを、お前の騎士見習とせよ。マルティナが家督を継ぐまで、王家に忠誠を誓う騎士として立派に育て上げるのだ」

「はい？」

ファウストが呆気《あっけ》にとられた顔をする。

なんだその顔。

むしろ当然の流れであろうが。

「リーゼンロッテ女王陛下、申し上げますが、私はカロリーヌを討った男。マルティナにとって言わば母の仇《かたき》でございます。ここは是非アスターテ公爵にお預けを」

ファウストは、私の右傍に立つアスターテの顔をチラリと見た。

まさかお前、マルティナの助命のため、私を利用したんじゃないだろうな。

そういう、今更ながら、何かに気づいた疑惑の視線であった。

そうだ、ファウスト。

お前は愚かではないから、私を憎むような事はしないし、実は誰が悪いかにも気付くはずだ。

悪いのはアスターテだぞ。

もっと睨《にら》みつけてやれ。

心の中に住む、私人としてのリーゼンロッテが応援を開始する。

ま、それはいい。

アスターテが今後、どうやってファウストの機嫌を直すかに、ご期待だ。

絶対苦労すると思うがな。

「では、マルティナに直接聞くとしよう。マルティナよ、正直言って、お前は曰《いわ》く付きの厄介者だ」

「承知しております」

マルティナは冷静に答える。

「聡《さと》いお前には今更言うまでもなく――そもそも、先ほどファウストに全て言ってしまったが。領地の反逆者にして、売国奴の娘だ。後ろ指を指されながら生きる事になるだろう。その騎士見習いとしての引受先など、お前をここに連れてきたアスターテ公爵か、お前を助命嘆願したポリドロ卿ぐらいのものであろう」

「でしょうね」

マルティナは、やはり冷静に答える。

言われなくても判《わか》っている、そういう顔でもない。

全くの無表情であった。

銀髪碧眼《へきがん》の、自分の死への嘆願すらも無表情で行った。

そんな9歳児の、どこか人生を投げ捨ててしまったかのような表情。

何を考えているのか判らなくて、少し気持ち悪い。

よくもこのような不気味な子供を、ファウストは助命しようなどと思ったものだ。

「それでは、そんなマルティナに尋ねよう。お前はどちらの下《もと》に騎士見習いとして頼む？」

「ポリドロ卿――ファウスト・フォン・ポリドロ卿にお頼みしたいと考えております。ご迷惑でなければですが」

……マルティナは、そう判断するか。

まあ、判ってはいた。

ファウストは、それが理解できないようだが。

「マルティナ、いや、マルティナ嬢。私は男手一つ。まして男としての家庭教育をよそに、騎士教育に専念してきた男だ。お前の面倒を十分に見る事など……」

「逆に、そのための騎士見習いでありましょう。貴方《あなた》の面倒は私が承ります」

マルティナが、まっすぐファウストの目を見据えながら言う。

「正直に言います。私はこの場で死ぬつもりでありました。貴方に誇りを汚されたと言ってもいい」

「……そうか」

「貴方の誉れは、私には正直よく判りませぬ。私の命など救っても、貴方に何の得もない」

ファウストが肩を竦《すく》めながら、小さく呟《つぶや》く。

「迷惑だったか」

「そう言っております。ですが、気が変わりました」

マルティナは、無表情であった表情をやや緩めながら、呟いた。

「どうせ拾った命なら、その拾った相手にとりあえずついて行ってみよう。そう気が変わりました」

「……そうか」

ファウストは、どことなく嬉《うれ》し気《げ》であった。

自分の行動が、身勝手な迷惑ではなく、是認された。

それが嬉しかったのであろう。

思った以上に面倒な男だ。

私が勝手にイメージしていた、それとは違う、思った以上に複雑な男であった。

だが、嫌いではない。

女王としては決して認められず、純粋なる私人としては、だがな。

そうリーゼンロッテは考えた。

そして口を開く。

「では決まりだ。マルティナはポリドロ卿預かりとする。何か反論はあるか？　諸侯に法衣貴族達」

一応、意見を求めねばならぬ。

まあ、回答は決まっているがな。

「領地は失えど、家を残すというのであれば、私達は何も。むしろ的確な判断でありましょう。さすがリーゼンロッテ女王」

諸侯の一人が先陣を切って、私を褒め称《たた》える。

「そこが良い落とし所と考えます。さすがリーゼンロッテ女王」

法衣貴族の一人も、また答えた。

双方、言いたい事は他にもあるだろうが、まあ納得の結末であろう。

マルティナを死罪とし、ボーセル領は直轄領として没収。

それが王家にとっての最大利益ではあったのだがな。

まあ、世襲貴族の位一つ程度、くれてやっても構わん。

それよりも、ボーセル領の立て直しだ。

利益をしっかり吐き出すまで、幾分か時間がかかるであろうなあ。

いくら人材と投資が必要になる事やら。

それは同時に、役目のない法衣貴族の職を埋める事にもなるが。

まあ、ともかく法衣貴族に任せる仕事ではある。

私は命令するだけ。

それでよい。

「これにて裁定は終了とする。全員、王の間から退出せよ。ヘルマとマルティナは、しばらくアスターテ公爵の世話になるように。折を見て、王都に新たな居住地を見つけ、ポリドロ卿にマルティナを騎士見習いとして出せ」

「承知しました」

誰かの応諾の声が、王の間に響いた。

※

廊下。

第一王女アナスタシアとその相談役アスターテ。
第二王女ヴァリエールとその相談役ファウスト。
その4人が連れ立って歩いている。
アナスタシアは、ファウストの頭を地に擦らせたアスターテにブチ切れていた。
この後、二人きりの居室で問い詰める事になるだろう。
アスターテは、ファウストと目を合わせないようにしていた。
とりあえず、時間を置くべきだと判断したからだ。
ヴァリエールは、ファウストを心配そうに見つめていた。
その行動原理が、いつも冷静なファウストに余りに似合わなかったからだ。
そして。ファウストは——
「……」
呆《ほう》けたように、ただ道を歩いていた。
失敗した。
失敗した。
失敗した。
私は失敗した。
その思いがある。
自分の、マルティナの助命嘆願に後悔はない。

青い血としての騎士教育と、前世の現代人的道徳感が悪魔合体を果たした、この誉れに後悔はない。

あの場で動かなければ、自分のアイデンティティが崩壊していた。

だがしかし。

だがしかし、だ。

やり方って物があるだろう、馬鹿が。

自分を罵る。

お前は小さな村とはいえ、３００人の命と名誉を預かる領主騎士であるのだぞ。

何をやっているのか。

暴走などせず、冷静になってマルティナの斬首を否定し、助命嘆願を行うべきであった。

勘に触ったからなどと、その場の勢いでやって良い行為ではなかった。

後悔が募る。

自分は決して世にいうヒーローではない。

ただの一介の、決して裕福ではない辺境の、３００人足らずの弱小領主騎士である。

だが、同時に３００人の命と名誉を背負っているのだ。

自分は一人ただ暴走のまま死ぬ事が許される立場などではない。

自戒せよ！　ファウスト・フォン・ポリドロ!!

そう、自分の心の内に向かって叫ぶ。

だが――同時にこうも考える。

「まあ、別に……」

失ったものも特にないよな。

そう気楽に考える。

予定であった謝罪金は貰《もら》える事となった。

これで余り裕福でない我が領民の食卓に、今後は一品料理が追加される事になるだろう。

マルティナが騎士見習いに来る事は少々気まずいが、カロリーヌの遺言もある。

私と一騎打ちをして果てた、彼女の最後の未練を守ってやろうではないか。

それは決して嫌な事ではない。

それよりなにより、我がファウスト・フォン・ポリドロには失うものがあまりない。

あの土下座によって失ったものがないのだ。

元より、貴族のパーティー等《など》に呼ばれた覚えなどないから、今後の貴族としての活動に影響はない。

貴族として、私の暴走が舐《な》められる汚点となるかもしれないが、そもそも私は弱小領主騎士である。

個人武勇としては別だが、領主騎士としては最初から弱小として舐められている。

悲しいくらいに、影響がなかった。

それを考えると、ファウストはもはや全てがどうでもよくなってくるようであった。

ファウストは知らない。

貴族のパーティーに呼ばれないのは、アスターテ公爵やアナスタシア第一王女が、ファウストに余計な虫がつかないように睨《にら》みつけているからであると。

ファウストは知らない。

諸侯や法衣貴族の一部からは、弱小領主騎士として舐められているどころか、将来の女王アナスタシアやアスターテ公爵の愛人候補として見られている事に。

この世には知らない方が幸せという事もあった。

ファウストは、何も気づかないまま、うん、と背を伸ばし、待機していた従士長ヘルガと王門で顔を合わせ、王城から立ち去って行った。

愛する領民が待つ、王都の下屋敷へ向かって。

これで我が領地、ポリドロ領に帰れる。

そんな事を考えながら。

第22話　真正のアホだろお前

アナスタシアの居室。

ボーセル家の結末が決定され、ファウスト達《たち》と別れた後で。

「ブチ殺されたいのか、お前は」

「違う」

第一王女、アナスタシアの居室にて、アスターテ公爵は詰められていた。

個人武力ではアスターテが有利である。

だが、そういう問題ではない。

今の完全にブチキレモードに入ったアナスタシアに、アスターテは勝てる気は欠片《かけら》もしなかった。

我が血族の怒り、その血がブチキレモードに入った時の戦闘力は異常である。

ブチキレモードに入ったアナスタシアは、そのハルバードでヴィレンドルフの精鋭を、一撃で同時に3人斬り捨てたと聞く。

齢《よわい》にして14歳の身でだ。

私もキレれば対抗できるが、今その心境ではない。

「何故《なぜ》、ファウストにあのような真似《まね》をさせた。お前は何がしたかった」

「途中で！　途中で助けに入るつもりだったんだよ!!」

アスターテは弁明を行う。

途中で助けに入るつもりであったのだ。

アスターテの考えではそうであった。

「まさか、ファウストがあんなにブチ切れるとまでは思ってもみなかったんだよ!!」

「ファウストだぞ！　憤怒の騎士だぞ!!　それが予想できなかったとでも」

「予想できなかったんだよ!!」

ドン、と机を叩《たた》きながら、弁明を続ける。

これは、アスターテの策略であった。

ファウストは、決して齢9の子供の首を刎《は》ねる事などできないであろう。

優しい男である。

どこまでも領主貴族であるとはいえ、優しい男である事に変わりはない。

傍観者としてなら、青い血としてマルティナの死を見過ごしたであろう。

だが窮鳥懐に入れば、もはやそれを殺せない。

むしろそれを守ろうとして、助命嘆願をするに違いない。

その予測をしていた。

その予測は確かに正しかった――だが。

「助命嘆願までは予想していた。だけど、あんなにブチ切れるとは思ってなかったんだ

よ!!　頭を地に擦り付けてまで頼み込むなんて、誰が想像できる!!」

「そもそも、お前は何がしたかった!?　マルティナの助命か!?」

ドン、とアナスタシアが机を叩きながら叫ぶ。

それもある、が。

「それはある。あんな才能の塊だ。私としては是非助命したかった。私の手元に置きたかった。陪臣として、側近として育てようと考えた。だが、それは公爵家の権限でできた」

「それはそうだろう。お前の立場であれば、お前が全責任を持つのであれば母上もそれを認めたであろう」

「それは判《わか》ってる。そうしてもよかった。だが、私の心に悪魔の囁《ささや》きがよぎったんだよ!!」

弁明を続ける。

アスターテは、アナスタシアへの弁明を続ける。

そうしなければ――絶対ないとは判っていても、本気で殺されそうな雰囲気であった。

「悪魔の囁き?」

「あ、これ、私へのファウストの好感度稼ぎに利用できるんじゃないって」

「アホかお前」

アナスタシアの怒気は消沈した。

アスターテはアホではない。

むしろ、その智謀《ちぼう》においては輝きを見せる女だ。

だが――

「どこをどうやったら、ファウストがお前を好きになるのだ」

「まず、最初の気づきはファウストが、マルティナの名を尋ねて来た時だ。どうやら、マルティナの名はカロリーヌの遺言であったらしい。そうファウストから聞いた。私は正直に、事前に得ていた資料から答えた。それはカロリーヌの娘の名前であると」

カロリーヌの遺言。

最後に告げたのは、ただ娘の名のみであったか。

「それで？」

「次に、そのマルティナを我が馬車で連行していて、その賢さに眼《め》を剝《む》いた時、頭によぎったんだよ!!」

目の前の女は、性欲に溺れた一人の女にすぎないようにも見えた。

アナスタシアは、少しアスターテへの評価を落としながら会話を続ける。

「マルティナに母を討ったのは誰かを問われ、そのファウストの素晴らしさと、美しさを語っている内に、悪魔の囁きがよぎったんだよ。あ、マルティナを誘導して、ファウストに首を刎ねるよう言わせようって」

「いくら聡《さと》いとはいえ、9歳の齢の思考を誘導するなど、お前には容易《たやす》い事であったろうよ。そして、それはファウストも今頃気づいているだろう。ファウストは政治面においては視野が狭いが、賢くない男では決してない。むしろ賢い。それで？　続きは？」

「……」

アスターテは頭を抱えて呻《うめ》いている。

どうやら、「ファウストも今頃気づいている」は会心の一撃であったらしい。

ファウストは愚かではない。

冷静になれば、マルティナが思考誘導されてあの発言をした事ぐらいには、容易く気づく。

印象は、もはや――

「ファウスト、怒ってるかな？」

「怒っているに決まっているだろう。もはや、お前の印象は最悪だ」

ファウストはペナルティまで食らったのだぞ。

いや、それだけでは足りない。

リーゼンロッテ女王は、ファウスト相手に一つ貸しができた。

そうファウストも母上も、理解しているであろう。

その貸し、私に譲ってくれないものかね。

……無理か。

「とりあえず、何か換金性の高い贈り物でも送っておこう。すぐ売りとばされるだろうけど、これで領民の食事に一品追加できると、ファウストなら喜ぶだろう。いや、下屋敷に訪れ、ちゃんと直接謝るのも一緒に？　何かそれらしい言い訳も考えないと……いや、いっそ正直に言った方が心象的にマシか？」

「お前の今後のフォローなんぞどうでも良いわ。で、何がどうしてファウストがお前を好きになるのだと考えたのだ」

正直、ファウストにとってのアスターテの印象が悪くなろうが、アナスタシアには関係ない。

どうでもいい。

知りたいのは、アスターテが何を考えていたかだ。

「マルティナ、ファウストに首斬られたいとワガママ言う。ファウスト困る。ファウストは絶対やらない」

「ああ、絶対困るな」

何故かアスターテは端的な言葉で喋《しゃべ》り出した。

「窮鳥が懐に入ってしまった。優しいファウストは見過ごせない。助命嘆願に入る」

「情の深いファウストならそうするであろうな」

それに応じる形で、アナスタシアは答える。

「だが助命を絶対認めない非道なリーゼンロッテ女王、まるで悪魔のような女。お前の母親は糞《くそ》だな」

「おまえの方がよっぽど酷《ひど》いと言いたいが、まあいい、次」

　母上、今頃内心ではアスターテにブチ切れてるだろうなあ。

　後で、コイツ頭下げに行かせんと。

「どうにもできず嘆くファウスト。私は公爵家として横やりを入れる。ファウストの心を助ける」

「ああ、助けてあげると喜ばれるな」

　その時点で行動の稚拙さに、ファウストにはバレバレな気もするが。

「私、マルティナ助命する。感動するファウスト。ファウスト、涙を流して大喜び」

「ああ、きっと優しいファウストなら大喜びするだろうな」

　お前、いつまでその喋り方するつもりなんだよ。

　アナスタシアはややウンザリしながら、根気強く応じる。

「後で感謝の言葉を私に述べるファウスト。好感度アップ間違いなし。私の股は愛液で濡《ぬ》れる」

「うん、そこまでは判る。お前の股が愛液で濡れているかどうかは知った事じゃないが」

　やや都合が良すぎる展開ではあるが、まあ有り得ない展開ではない。

「私の優しさに感動してチンコ立てるファウスト。私の股は愛液で濡れている。合体」

「真正のアホだろお前」

　真正のアホだろお前。

言葉でも心中でも、浮かべた言葉は同じだった。

真正のアホだコイツ。

なんで普段は嫌みなほど頭いいのに、ファウスト関係だとこんな性欲直結型になるんだコイツ。

いつかはファウストの領民の前で、ファウストの尻を揉《も》んで謝罪金支払ってたよな。

それはファウストが優しかったので嫌悪には至らんかったが。

今回の件は――

「お前、今回の件で間違いなくファウストに嫌われたぞ」

「何でさ、何でこんなに上手《うま》くいかないのさ！　なんでファウストあんなキレたの!?　そこまではいい、何で頭を地に擦り付けてまで助命嘆願したのさ！　しかも、あれヴィレンドルフ戦役の感状まで持ち出そうとしたよね!?」

「それは知らん。私も戦場外のファウストは温厚な人物だと思っていたが……」

戦場で何かあったか？

カロリーヌを、ファウストが一騎打ちで討ち取った際の遺言。

もし生きていれば、その一人娘であるマルティナの事を必死に頼まれていたとか。

そうでなければ、ファウストがあそこまで、無様なまでに動く理由が――駄目だ、それでも足らん。

ファウストが頭を地に擦り付けてまで助命嘆願した理由は、ファウストの誉れのみだ。

その基準は余人の知るところではない。

「でもさあ、あの時のファウスト——」

「何だ」

アスターテが後悔に足をジタバタさせながらも、思い返すように呟《つぶや》く。

「美しかったよなあ。思わず口笛吹いちゃったよ」

「……」

それには同意だ、とあの時のファウストの姿を思い浮かべるアナスタシア。

子供が癇癪《かんしゃく》を起こしたようにして、マルティナの斬首を拒むファウスト。

もはやマルティナの死すら許せないと、満座の席で言い放つファウスト。

母上に対して膝を折り、無理な嘆願をひたすら言いつのるファウスト。

もはや言葉に窮し、恥も外聞も投げ捨てて、頭を地に擦り付けるファウスト。

その全てが——

「見苦しくは感じなかった。これは恋のせいだろうな」

アナスタシアが、思わず、自分の恋心を口走る。

アスターテは答えた。

「恋のせいだな。ファウストのあの姿は、法衣貴族や諸侯、その代理人を通して、広く人々に伝わるだろう」

「……評判が落ちるか」

「これが単なる貴族のやった事なら、見苦しいの一刀両断だったろうさ」

アスターテは、ジタバタさせていた足を長椅子に戻し、冷静に答える。

「だが、ファウストは違う。アンハルト王国最強騎士で、燦然《さんぜん》と輝く武功持ちの騎士だ。その英傑のした事だ」

「人、それぞれの反応になるだろうな。賛否両論だろう」

頭を地に擦り付け懇願した。

血が滲《にじ》むまで頭を床石に擦り付けて、女王陛下の慈悲を乞うた。

それを見苦しいと感じるか。

そこまでして少女を救いたかったのかと感じるか。

王命に反発したのを、不忠と見るか。

たとえ王命でも譲れないものがあると、誉れと見るか。

ただの騎士なら見苦しいの一言。

ファウストがやったというのなら、英傑がその誉れゆえに頭を地に擦り付けて懇願したというなら、話は違う。

本当に、価値観は人それぞれであろう。

討論の種になり、パーティーで言い争う貴族や――安酒場で言い争う平民の姿が脳裏に思い浮かぶようだ。

何せ、幼い子供の首を刎《は》ねるなど、誰だって本音では嫌だ。

それが王命であり、首を刎ねられる子供にとっては名誉ある行為でもだ。

各々の立場や思想の違いによってでしか、結論が出ないものだろう。

「我がアンハルト王国ではそうなるであろう。ヴィレンドルフでは？」

「蛮族では——あの国では、それこそ全肯定だろ」

もっとも強きものが、幼きたった一人の少女の、しかも一騎討ち相手の娘の助命嘆願がために王命に反し、どれだけ無様を演じようとも、それを覆したのだ。

それがあの国にとって、誉れでなくて何なのか。

「面倒くさい連中だ」

「面倒くさい連中だよなあ」

アスターテが調子を取り戻したのか、ケラケラと笑う。

「ヴィレンドルフの和平交渉、未《いま》だ成り立たぬ。逆侵攻でやりすぎた。お前のせいだぞ、皆殺しのアスターテ」

「違いますー。アレはやられた事をやり返しただけなので、私は何も悪くありませんー」

アナスタシアはアスターテに愚痴を吐くが、飄々《ひょうひょう》としている。

ヴィレンドルフとの和平交渉。

ヴィレンドルフ戦役後における、不戦条約の締結。

未だ、ままならぬ。

北方に張り付けている王軍を、ヴィレンドルフの国境線に回すわけにはいかぬ。

また公爵軍500と親衛隊のみを引き連れ、あの強力な蛮族を相手にする？

初陣は最悪だった。

何が悲しくて倍軍1000を相手に立ち回らねばならんのだ。

あれをもう一度繰り返すと考えると、背筋がゾッとする。

「……ヴィレンドルフとの和平交渉は、必ず成功させねばならん」

「あの蛮族ども、契約だけは死んでも順守するからな。和平交渉さえ成れば、その和平期間は絶対争いにならない」

「そのためには」

アナスタシアは少し言い淀《よど》み、これだけは言いたくなかったが、という表情でまた口を開いた。

「最悪、和平交渉の使者として、ファウストに動いてもらわねばならぬ」

「……冗談だろ」

アスターテもまた、それだけは嫌だと言う顔で返した。

「絶対犯されるよ？　絶対ヴィレンドルフの淫獣どもに犯されるよ？　ファウスト」

「ヴィレンドルフは蛮族といえど、強者に対する振る舞いにだけは見るものがある。無体な事はしないと考えるが……」

それでも絶対はない。

だから、これは最後の手段だ。

本当に最後の手段だ。

ヴィレンドルフが最大の敬意を示す男、皆殺しのアスターテなどと呼ばれる目の前の淫獣とは違い、ヴィレンドルフへの逆侵攻にも参加していない騎士。

彼女達《たち》が今でも誇りとする騎士、レッケンベル騎士団長を正々堂々一騎打ちで討ち取った、彼女達曰《いわ》く与えるべき二つ名は「美しき野獣」。

そのファウスト・フォン・ポリドロに和平交渉の使者として赴いてもらう。

アナスタシアは、その最終手段に手をつけるべきか本気で悩んでいた。

第23話　ザビーネの口説き

安酒場。

王都にある、場末に近い安酒場に今、ファウスト・フォン・ポリドロは居た。

「ふむ」

椅子に座りながら、自分の木製コップに注がれたエールを眺める。

先日、今回のカロリーヌ討伐の功績として、第二王女親衛隊の昇位式典が行われた。

ザビーネは二階位昇位、他の親衛隊員は一階位昇位する事となった。

この安酒場での集いは、それを祝うものではない。

亡くなった親衛隊員、ハンナのための集いであった。

私はその席に呼ばれていた。

「杯が、15個揃《そろ》わないと寂しいのだ。どうにも寂しいのだ。ヴァリエール様を安酒場に誘うわけにもいかぬ。領地への帰り支度で忙しい中、誠に申し訳ないが、ハンナの死の追悼と思い、来てくれないか」

そうして、昇位式典の帰りにザビーネに声を掛けられた。

断る理由はなかった。

こっちは第二王女相談役として、ハンナの葬儀に参加した立場でもある事だし。

……ハンナは、親衛隊の役目を務めた。

今回のヴァリエール様初陣で、その務めを果たした紛れもない英傑であった。

「諸君、我らの同胞であるハンナは逝った。ヴァリエール様の盾となって。その身代わりとなって」

ザビーネが、テーブルの上に靴を脱いで立ち上がり、演説を開始する。

酒場から文句は出ない。

この安酒場は、今日は親衛隊の貸しきりだ。

酒樽《さかだる》一つ、15名全員の財布の中身を持ち寄って。買い取られた。

王家から謝罪金も出る事だし、ここの支払いは私が持とうかと言ったが、これは親衛隊の習わしらしい。

ハンナも今までそうしていたから――今回も是非、そうしたい。

そうまで言われては、言える事は何もない。

「なんと羨ましい死に方だろうな。その死に方を決して……」

ザビーネが、演説を途中で止める。

泣いていた。

ザビーネは、あの危険人物は泣いていた。

私の見込み違いだったのであろうか。

あの危険人物は、人としての情を解する者であったようだ。

「決して、忘れないぞ」

ザビーネは、途中で演説の台詞《せりふ》を変えようと判断したらしい。

それがあからさまではありながら、全員――ザビーネを除いた親衛隊13名と、私ことファウストは黙って拝聴する。

「決して忘れる物か。あの侍童の着替えを全員で覗《のぞ》き見《み》しに行き、結果失敗し、ヴァリエール様に怒られ。私の脛《すね》をさんざん蹴っ飛ばしながら、お前のせいでヴァリエール様に怒られたじゃんと怒りをぶつけてきたハンナを。アレは痛かった。凄《すご》く痛かったぞ。お前だって同意したじゃん」

何やってんだ、第二王女親衛隊。

「猥談《わいだん》に興味を一番強く示し、私が男体の仕組みを詳しく話す度に、続きは、続きは、という目で急《せ》かしてきたハンナの事を。アイツは猥談が本当に好きな奴《やつ》だった。我らの中で一番ドスケベだった」

本当に何やってんだか、第二王女親衛隊。

「忘れないぞ。アイツ、今頃ヴァルハラで名誉ある戦死を遂げたとエインヘルヤルとしてワルキューレに呼ばれている頃であろうよ。だが、我々は忘れないぞ。アイツが、私達と同じく、どうしようもない愚か者。周囲に、法衣貴族に嘲笑《あざわら》われる1名であった事を。死ぬまで忘れてやらないぞ」

第二王女親衛隊長。

ザビーネ殿は、泣きながら演説していた。

「いいか、我らもいつ死ぬかなど判《わか》らん。我ら第二王女親衛隊はこれからもヴァリエール様のために働くのだ。死ねと言われれば死にに行き、生きろと言われれば何としても生きるのだ」

ザビーネ殿は、ただひたすらに泣いていた。

涙をそのままにして、演説を続ける。

世間では、今回の立役者。

民兵を鼓舞し、志願者を集め、ヴァリエール様の初陣を勝利させた英傑詩の主人公として扱われてるのにな。

本人にとっては、それはもはや苦痛の栄光でしかないだろうが。

一生、忘れられないであろうな。

ザビーネの評価を、見直す事にする。

以前にヘルガに愚痴った言葉を撤回する事にしよう。

もはや、ザビーネは嫌いになれるような相手ではない。

「ヴァリエール様に了解も取らず、勝手に死んでんじゃねえよ、馬鹿野郎が」

最後は、演説ですらなかった。

吐き捨てるような、それでいて最高の親愛を込めた言葉であった。

「もういい！　つまらぬ演説は終わりだ！　ハンナの、今後のヴァルハラでの巨人相手の戦いに栄光あれ！　献杯！」

「献杯！」

ザビーネの演説が終わるとともに。

私を含めた、残り14名の「献杯！」の言葉が空に踊った。

私はハンナという人物の事を良く知らない。

ただヴァリエール第二王女殿下を身を挺《てい》して守った、立派に務めを果たした女であるという知識のみだ。

だが、その人生は、おそらく第二王女親衛隊として生きた中は、少なくとも幸せだったのであろう。

そう感じる。

私は、エールを勢いよく飲み干す前に。

「ザビーネ殿」

「ああ、ポリドロ卿《きょう》。今日は本当に来てくれて有難う」

ザビーネとお互いの杯、木のコップを重ね合わせる。

「あまり、楽しい席ではないだろう。無理を言った。今日は本当に来てくれて有難う」

「いえ、私もハンナ殿の葬儀に参加した立場ですので」

いい女だった。

惜しいな。

生きていれば、嫁に欲しかった。

もはや叶《かな》わぬ願いであるし、ヴァリエール様の身代わりとなって死んでいなければ、こう思う事もなかったであろうが。

さて。

今回、実は従士長であるヘルガから「第二王女親衛隊で一番いい女を見繕ってきてください。ザビーネ様とか私はイチオシです」と後押しされて来たわけであるが。

完全に、そんな雰囲気ではないぞ。

そして、私自身もそんな気分にならん。

今日はハンナ殿の追悼だ。

それでよい。

私の嫁探しは、今年は諦める事にしよう。

「こちらに座っても」

「どうぞ」

ザビーネが向かいの席に座る。

第二王女親衛隊は各々、ハンナについての昔話を語っている。

……ザビーネは交ざらなくてもよいのだろうか。

「ザビーネ殿、私は一人でも大丈夫だ。私の相手などせず、他の親衛隊と一緒にハンナ殿の話をしてきても……」

「アイツ等《ら》とはいつでも喋《しゃべ》れる」

ザビーネは自分の杯のエールを一口あおり、ぷは、と息を吐いた後に、こちらを向く。

「ポリドロ卿はもう領地に帰ってしまうのであろう？」

「そうだな、領地に帰る」

軍役は果たした。

ヴァリエール様の初陣も立派に果たした。

領地の保護契約の義務も、第二王女相談役としての役目も、完全に終えているのだ。

もはや、王都に用はない。

領民達も、家族が待っている。

さっさと帰って、領地の殖産活動に励まねばならぬ。

我が領地はお世辞にも裕福ではないが、今回王家からボーセル家の代わりに支払われる褒賞金により、今後10年は潤う事になる。

その間に減税政策を敷き、領民を働かせ、畑を少しでも広げるのだ。

一面が美しい黄金色《こがね》に染まる麦畑が、目に浮かぶようである。

「一つ聞きたい。カロリーヌの子、マルティナを助命したのは何故《なぜ》か」

「……不服か？」

「いや、ハンナの仇《かたき》は、ヴァリエール様がその場で仇を討ち取った時点で終わっている。不服等《など》はない」

ザビーネが質問をし、私の言葉に対して首を振る。

今回の初陣を最悪の展開に陥れた原因、カロリーヌの娘を何故救うのか。

それが気に食わなかったのかと考えたが、そうではないらしい。

確かに、仇討ちはヴァリエール様がその手を自ら下した時点で終わっている。

「私が聞きたいのは、ポリドロ卿の誉れに関してだ。どーしても判らん。理解できんのだ。今回、ポリドロ卿に何の得があった。むしろ王家に借りを一つ作ったのではないか」

「……」

沈黙で返す。

やはり、ザビーネは愚かなようで賢い。

まあ、何の教養もない、愚かな演説家などそうはいないか。

コイツ、何故家から放逐され第二王女親衛隊に入ったのだろう。

今、冷静にこうやって会話すると、とても愚かな女には見えないのだが。

やはり性格が鬼畜すぎたからか？

もはや、その印象は薄いが。

彼女もこの初陣で成長したという事であろうか。

「……答えてはくれないのか」

「いや、答えよう」

私の沈黙を、黙秘とザビーネは看做《みな》したようだが。

正直に答えよう。

どうせ、酒の席だ。

正直に答えても、私が何の損をするわけでもない。

「……親の罪を幼き子が背負う世の中は、たとえ青い血でもおかしいとは思わないか」

「……」

結局はそれだけ。

マルティナが幼い子供でさえなければ、私はその首を、むしろ騎士の情けとして刎《は》ねたであろうが。

この母親から騎士教育を受けた青い血の誉れと、前世の現代人的道徳感が悪魔合体した、それが出した答えは。

その誉れの結論が出したのは、それだけ。

「それがどうしても気に食わなかった。それだけだ」

「それだけか」

「それだけさ」

ザビーネはきょとん、とした瞳で呟《つぶや》く。

「やはり、ポリドロ卿は奇妙な男だ」

「自分でもそう思う」

この世界で狂っているのは自分の方だ。

その常識は抱いている。

だが、その純粋な青い血の世界ではどうしても生きられぬ。

何、それなりに折り合いをつけて生きていけるさ。

私はそう気軽に考える。

「だが、嫌いではない。案外、気が合うのかもしれないな、私達《たち》は」

「口説《くど》いているのかね？」

ザビーネの言葉に、からかうように返す。

まるで口説き文句のようであったから。

「そうだと言ったら？」

「……」

私は硬直する。

まさか、本気で口説いているのか私を。

この世界――少なくともアンハルト王国では。

筋骨隆々で背の高い私など、女性の好みの主流からは外れているはずなのだが。

まさか。

「私の財産が目当てかね。言っておくが、手に入る立場は人口300名足らずの小さな村の小さな領主騎士だぞ」

「それは一代騎士からやっと2階位昇位したばかりである私には目を眩《くら》ませるほどの立場

だがね。今回はそうではない。純粋にポリドロ卿が好みだと言っている」

マジか、コイツ。

私は思わぬ返答に固まる。

ヘルガよ、我が従士長ヘルガよ。

何か私、お前のイチオシを口説くどころか、逆に口説かれてるみたいだぞ。

口説かれるのは初めてではないがな。

アスターテ公爵からは、それこそ毎日のように口説かれていた。

ただし、愛人枠としてだがね。

そうそう、アスターテ公といえば、今回の件だ。

あの女、予測するにマルティナを、私に首を刎ねさせるように嘆願させるべく思考誘導しやがった。

土下座したのは自分の責任だが、私が助命嘆願する事も予測していたであろう。

マルティナを助命させたかったにしても、あまりにやり方が汚すぎる。

よくもヴィレンドルフ戦役からの付き合いである私を嵌《は》めてくれたな。

私は血も汗も絡み合わせた、戦友だと思ってたのに。

この屈辱は忘れん。

だが、あの爆乳は惜しくもあるが。

それは前世感覚をもった男であるがゆえ、致し方なし。

まあいい、今はそれは忘れよう。

「ポリドロ卿は……私のような女は好みではないかな」

「……」

そもそも私は、肉付きの良い女だったら誰でも好みです。

オッパイ星人なのです。

ザビーネのように、服の造形からも判《わか》る形のいいロケットオッパイの持ち主なら超好みです。

この世界、顔面偏差値無駄に高い女しかいないし、もうオッパイ大きけりゃ誰でもオールオーケー。

そう正直に呟きたくなるが、この世界ならドン引きされるであろう。

完全な淫売としか、とらえられぬ。

それに、まあ立場がある。

領主貴族の嫁として、私の代わりに軍役を果たしてくれるレベルの人材である必要が最低限ある。

あれ、今のザビーネなら悪くない？

ヘルガにもオススメされてるし。

悩みながらも、適当に言葉を濁す。

「嫌いではありません」

「よかった。心の底から嬉《うれ》しいよ、ポリドロ卿《きょう》」

何なのだこれは。

どういう状況なのだ、これは。

何故私は、あの一度は鬼畜と看做したザビーネに口説かれている。

そして私は何故、その口説きに心惹《ひ》かれている。

教えてくれ、誰か。

私はどう答えたらいいのだ。

私はどうしたらいいのか。

童貞に、この場での適切な所作を求められても困るぞ。

「ポリドロ卿。私は最愛の友人であるハンナを失ってしまった。だが、第二王女相談役としての、貴方《あなた》と縁を持った。これはハンナが取り持ってくれた縁なのかもしれない。第二王女親衛隊隊長として、そしてザビーネ個人としても、これからもよろしく頼む」

「え、ええ。こちらこそ。これからもよろしく」

ザビーネと私は握手をする。

その手は、剣ダコと槍《やり》ダコでお互いゴツゴツとしていたが、不思議とザビーネの手は柔らかい感じがした。

駄目だ。

私はザビーネに心を、少し囚《とら》われ始めている。

「願わくば、女と男として親しい関係もな」

ギラギラとしたザビーネの瞳が、私の心臓を射抜いた。

これは普段全くモテないからだ。

そうなのだ、きっと。

或《ある》いは、アスターテ公に手酷《てひど》い裏切りを受けて心が傷ついたばかりだからか。

あの爆乳は裏切ったのだ。

私は懊悩《おうのう》しながらも、ザビーネの口説き文句に、そして服の造形からはっきりと判るロケットオッパイに心を惹かれ。

金属製の貞操帯の下で、股間をふっくらと膨らませた。

心の中で、静かにいつもの祝詞《のりと》を呟く。

股間の痛みを取り除くための、嘆願の祝詞。

チンコ痛いねん。

外伝　尻もみのすきな公爵さん

ヴィレンドルフとアンハルトの国境線、そこから少し離れた本陣にて。

ゲオルギーネ・フォン・アスターテの身体《からだ》が横たわっている。

ぶん殴られたのだ。

殴ったのは、大きな身体をして困った顔を見せている、ファウスト・フォン・ポリドロではない。

尻もみのすきな公爵さんを殴ったのは、尻を揉《も》まれた彼ではなく、その配下であるヘルガという従士長であった。

「殺しましょう。もう限界です」

ヘルガは痰《たん》を吐きながら、そのように吐き捨てた。

アスターテ公爵の周りには槍をもったポリドロ領民が取り囲んでおり、今にも突き刺そうとしていた。

戦争の最中であった。

アンハルトという国と、ヴィレンドルフという国。

その選帝侯国家二つが、死に物狂いの、もはや後には引けない領地境界線を争う戦争中の真っ只中《まただなか》である。

で、あるのに、ヘルガは吐き捨てた。

味方であるアスターテを殴り、その身体に唾を吐いたのだ。

理由はただ一つ。

ゲオルギーネ・フォン・アスターテという女が、尻もみのすきな公爵さんであったからだ。

「いや、判るよ。もう何もかもアスターテが悪いよ。だけど、落ち着いて欲しい」

弁解をするのは、アナスタシア・フォン・アンハルト。

戦争中の片方の国、アンハルトの第一王女であった。

その青い血、気高き血の最高峰が、ただの平民たる赤い血に理解を示していた。

何もかも、アスターテが悪い事を謝っているのだ。

その過ちについて。

ヘルガが、そのポリドロという土地の領民が慕う領主であるポリドロ家のたった一人の末裔《まつえい》たる男の尻を揉んだ事について。

当たり前であるが、淑女の行為とは到底呼べず、貴族の男子に対する行動ではない。

ファウストの尻を売春宿の売春夫のように揉んで、そのポリドロ領民の誇り全てを侮辱した事については、もう何もかもアスターテが悪い。

それは誰の目にも明らかであった。

「尻もみをしてはならぬ。騎士に対するそれは、相手が背負う領地・領民・祖先に対する侮辱行為だ」

何度も、何度もアナスタシアは言い含めた。

公爵家、王族と血を連ねる彼女であるアスターテに言い含めたのだ。

お前、絶対にやるなよと。

言われずとも、人としての理性さえあれば当然に判るであろう事を、もう何度もアスターテに言い含めたのだ。

判ったと、アスターテは言った。

尻もみのすきな公爵さんは、ちゃんと理解しているよと応じたのだ。

アナスタシアは安心しました。

「今は戦争の真っ最中だぞ。理解しているのか」

アスターテは、だけど尻を揉みました。

戦争において、最高の貢献者であり、最大戦力であるファウストの尻です。

すでに戦争の両軍における死者数は3桁を超えており、どちらも絶対に引く事はできません。

被害をあまりに出しすぎ、勝利しなければ面子《メンツ》が立たないのです。

そのような状況下ゆえ、あれだけアナスタシアから言い聞かされていたのに、圧倒的不利な状況下で死に物狂いで頑張ってくれているファウストの尻を揉みしだきました。

これは貴族の名誉的に赦《ゆる》されない事です。

もう、殺されても文句は言えません。

「仕方がなかったんだ」

アスターテは弁解しました。

「そこに尻があったんだ」

弁解とは、申し開き、言い訳の事です。

都合の悪い事や過失などをとりつくろうための説明をする事であり、そこに別に正当性はないのです。

「尻があった。ファウストの尻があった。無防備な尻があったんだ」

どこまでも正当性はありませんでした。

「何が悪いのだろうか。少なくとも私が悪いのではないだろう」

アスターテは、もう無防備なファウストの尻側が悪いと言い張りました。

「無防備なファウストに落ち度はなかったか？」

それはヘルガ及び、ファウストを慕うポリドロ領民の怒りを招きました。

「もう殺してよいでしょうか？」

アンハルトという王国の第一王女に、本来は直言すら許されていないヘルガが代表して問いました。

戦時ゆえ、ある程度の発言権が、ファウストの従士長である彼女に許されていたのです。

アスターテ公爵の管理者は、アナスタシア第一王女であると看做《みな》されていました。

とんだ、とばっちりでした。

一応親族ではありますが、アナスタシアの本音では、アスターテに血のつながりを少し疑っていたのです。

ですが、二人の真っ赤で鮮やかな赤毛は、悲しい程に血族である事を証明していました。

「少し待ってくれ」

ヘルガの行動を、口先で止めます。

一瞬、殺しても良いのではと、アナスタシアも思いました。

理屈で言えば、もう殺しても良いのです。

皆が「それは仕方がなかったね」で済ませてくれるものと思いました。

アスターテ公爵の実家ですら、事情を知れば「我が娘は、嫡女は、ヴィレンドルフ相手の戦争最前線にて陣頭指揮を執り、勇敢に戦って命を落としました」と。

そのような事にしてくれるのではないかと。

そんな考えが、ふと頭によぎったのです。

何もかもが嘘《うそ》でもないのです。

このゲオルギーネ・フォン・アスターテという女は、戦場における公爵軍500の最高指揮官として常に陣頭に立ち、ファウストの次と言って良いぐらいに勇敢に戦い、戦果を挙げたのです。

特に、公爵軍の一兵にすら声をかけ「お前の戦いは最後の最後まで、この目に焼き付けていたぞ」と。

その言葉には嘘偽《うそ》りなどなく、しっかりと戦後の報酬を約束し、そして死者の亡骸《なきがら》一つ一つの手を握りしめ、その戦友たちに必ずや遺体を持ち帰って埋葬する事を約束してくれたのです。

誠に立派なふるまいでした。

「今は戦争中であり、アスターテが必要な事はヘルガ達《たち》ポリドロ領民とて判《わか》っているだろう」

貴族として、軍人として、上官として。

確かに見事な人物ではありました。

しかし、ファウストの尻を揉みました。

それは悲しい事実でした。

このように立派な貴族様は、アンハルト中を探してもいないのではないかと。

そのように考えていた兵たちですら、ドン引きしていました。

何故《なぜ》こんな立派な貴族様が、こういう性癖なのだろうかと思いました。

アナスタシアは、なんとかアスターテの弁護を試みました。

「アスターテは、本当に立派な前線指揮官であり、巧みに兵を操る。この女がいなくては戦争に負ける」

「たとえ尻もみでも？」

ヘルガは冷たく呟《つぶや》きました。

ヘルガとポリドロ領民にとっては、関係ありません。

自分たちのたった一人の領主であり、そのアンハルトの美的感覚から醜男とすら蔑まれるファウストが、血や泥にまみれながら、眼前の兵を一人も死なせないようにと、気炎を吐いて圧倒的劣勢の中で戦っているのです。

武の超人とて限界がありますし、傷を負う事もあれば、血を流す事もあります。

板金鎧《よろい》どころか、粗末なチェインメイルしか身に纏《まと》っていないファウストの身体は傷だらけです。

誰もが死んでいない事を確認した後、ほっとして領民の活躍を一人一人誉《ほ》めるファウストの姿を見るたびに、領民の誰もが泣きそうになるのです。

その尻を揉みました。

とんでもない侮辱でした。

自分たちが殺されてもいいから、この尻もみのすきな公爵さんを殺してやりたいと思うのも当然でした。

「アスターテ、謝罪をしろ。もはや貴族だの平民だの、そういう問題ではない」

アナスタシアは、ここに至っては誠意ある謝罪しか許されないと考えました。

「返事によっては殺します」

ヘルガは他の領民より少しだけ冷静で、とにかくファウストの名誉、そして自分たちの心の安定のために、何らかの謝罪の言葉を引き出そうと思いました。

この戦争という狂った状況下では、少しばかり頭のおかしくなる奴《やつ》もいると思ったのです。

実際、アスターテ公爵はハアハアと、ファウストの横で変態のように息を荒らげる事は珍しくありませんでした。

ですが、今まではなんとか抑えてきたのです。

「……」

尻もみの好きな公爵さんは、上半身をむくりと起こしました。

下半身だけを地べたにつけながら、口を開きます。

「何度でも言う！　ファウスト側に問題はなかったのか！」

アスターテは弁解しました。

「抱きついてきたのは、ファウストからだ！　お互いの血と汗が混ざり合うのを気にせず、甲冑《かっちゅう》姿で、まだお前は生きているかと私を抱きしめ、互いの生を確認した！」

ファウストとアスターテは、最前線で行動を共にしていました。

ですが、アスターテは戦術面での判断から、超人であるファウストにてヴィレンドルフの兵を固定し、騎兵により側面を突いて、壊滅させる。

小規模な鉄床戦術を提案し、見事それを果たしたのです。

尻もみ事件は、その成功後に帰り着いた本陣にて起きました。

「少し戦術に失敗すれば、どちらかが、或《あ》いは両方が死んでいただろう！　私の本能は限りなく生存に傾いており、必死だった！　そんな時に、見事な尻を持った、惚《ほ》れた男が私の生を心から喜んでしがみついてくれた！」

アスターテの弁解は続きます。

「今しがた言った通り、私の本能は生存のため高まっていた！　そのような状況の私に対し、抱き着いてしまったファウスト側にも問題があるのではないか！」

弁解とは、申し開き、言い訳の事です。

都合の悪い事や過失などをとりつくろうための説明をする事であり、そこに別に正当性はないのです。

「いい尻していたファウスト側に、本当に問題はなかったのか！　私はそれを問う！」

私は何も悪くない。

何一つ悪くないのだと。

アスターテは、その胸にぶら下げた無意味な爆乳を突き上げながら、叫びました。

死んだなコイツ、とアナスタシアは思いました。

「槍《やり》で突け。もう遠慮はいらない」

セクハラしておいて、その言い方はありませんでした。

ヘルガは、もう後の事はどうでもいいからコイツ、殺そうと思いました。

ポリドロ領民は怒り狂った顔で、尻もみの好きな公爵さんを刺し殺そうとします。

「待て！」

今まで蚊帳《かや》の外にいた、セクハラの被害者であるファウストが止めました。

忠誠を誓うポリドロ領民として、行動を止めぬわけにはいきません。

「私が不用意であった。戦場ゆえアスターテ公爵の気が昂《たかぶ》っていた。本能であるゆえに仕方ないだろう」

アナスタシア、アスターテ公爵配下の公爵軍、そしてポリドロ領民はビックリしました。

どんだけ善良なんだ、この人。

皆が、そのような顔をします。

「だが、私がひそかに赦す事ができるのは公にならない場合であり、公爵軍や領民が入る前でこのような行為に及ばれては、私が赦して終わりというわけにはいかないのだ」

もっともな話でした。

尻もみの好きな公爵さんの行為は、明らかに貴族間における侮辱行為でした。

いくら公爵家が下級の領主騎士に対して行った行為として、赦される事と、赦されない事がありました。

「ゆえに、謝罪文と謝罪金を支払っていただきたい」

面子を維持する必要があるファウストが赦して、はい終わり、というわけにはいきません。

落としどころとしては悪くありませんでした。

「ごめん、興奮してきた」

アスターテ公爵は、ぼそりと呟きました。

尻を揉《も》んだのに、それを優しく赦《ゆる》してくれたファウストに昂ったのです。

それが聞こえたアナスタシア第一王女は、本当にコイツ死なねえかなと思いました。

本当に腹が立つ話ではありますが、本当に死んだらアナスタシアが一番立場的に困るので、そうしてしまうわけにはいきません。

戦争に負けてしまうかもしれないのです。

ともかく、ファウストの提案は本当に悪くありません。

公爵軍の会計を任されている紋章官がすぐに飛んできて、謝罪金の用意をします。

すぐに勘定を済ませました。

費用の部
尻もみ代
一、銀貨　30枚

このような用紙とペンが、紋章官から差し出されました。

多額であるため、公爵軍指揮官であるアスターテ公爵のサインが必要だったのです。

それにしても「尻もみ代」はないのではないか。

アナスタシアは眉をしかめ、この紙が後世に残ったら嫌だなあ、と親族として思いました。

アナスタシアが親で、子がこのような会計用紙を出してきたら、廃嫡にする事は間違いないのです。

ですが、アスターテ公爵は齢《よわい》16歳にして、すでに公爵家を継いでいます。

もう手遅れでした。

アスターテ公爵は落ち着いて、ペンでサインを行い、そうして呟きました。

「金を払うのは。金を払って揉んだという事実は、それはそれで興奮するんだ」

どうしようもありませんでした。

その声は皆の耳に届きましたが、もはや怒る事はせず、何故このようなモンスターが公爵家に誕生してしまったのか。

その事実について悲しく思いました。

「銀貨30枚！」

聖職者を、贖罪主《しょくざいしゅ》を売り払った金額！

13人目の使徒が、裏切り者が贖罪主を売り払った代価銀貨30枚片手に、その金で畑を買った。

そのような事を思い出され、尻もみの好きな公爵さんは激しく興奮しました。

もう、どうしようもありませんでした。

「次は謝罪文を」

紋章官が、紙を差し出しました。

「なんかちょっと楽しくなってきたぞ！」

とにかく、繰り言のように言いますが、どうしようもないのです。

尻もみの好きな公爵さんは、とにかくも、どうしようもない人でした。

能力があり、才さえ示せば平民さえ騎士に取り立て、見事な働きに対しては心から賞賛する。

悪い人でありません。

事実、公爵軍の兵たちにとっては、場合によっては三女以下の平民すら交じる彼女たち
にとっては、本当に支え甲斐《がい》のある主君なのです。

功績さえ叩《たた》き出せば、その全てを認めてくれる見事な上官であり、それは誰もが認めて
いました。

立派な騎士様なのです。

「書いた！」

だからといって、人様の尻を揉んでよいわけがありませんが。

上半身だけを起こしていたアスターテ公爵は立ち上がり、元気よく謝罪文を読み上げま
す。

「謝罪文！」

無駄に元気だけ良いのが、アナスタシアの不安を煽《あお》りました。

「まず謝罪の前に、私からファウストへの愛を語ります。私は幼い頃から、アナスタシアの父にして叔父であるロベルトの尻を見て、いいなあと思っていました。あれが私の原体験であったのだと、今にしてみれば思います」

最初はジャブです。

アナスタシアの亡き父親にして自分の叔父へ、性的な興奮を抱いていた事を語ります。

知ってはいたものの、アナスタシアは正直聞きたくありませんでした。

「私は女として、とても平凡な性欲を男性に抱き、たまに侍童などの尻を眺める事があります。だが、どの尻を見ても、公爵家の継承が約束された私に纏《まと》わりつく全ての男の尻を眺めては、違うな、と思っておりました。理想の尻ではなかったのです」

やはり知ってはいたものの、その性癖についても聞きたくありませんでした。

「時は過ぎていき、やがて16歳となりました。私はその頃はすでに理解していました。今思えば叔父ロベルトは長身にして筋骨隆々の男性であり、あのように引き締まった尻はそうそうあるものではないだろうと」

アナスタシアは、ふと皆を眺めます。

皆がどこか、悲しい瞳の色をしていました。

だんだんと、どうでもよくなってきたのです。

「そんな時に、ファウストという男が現れました。身長2m超え、体重１３０kg、鋼のように鍛え上げられた筋骨隆々の超人騎士です。私は一目見た時から、あ、好きだな、と思いましたし、もはや運命の出逢《であ》いであると考えました」

尻もみの好きな公爵さんは、趣旨を忘れていました。

謝罪文ではなく、単に性癖の開陳でした。

「いつか私の股に、腰を振らせたいと考えました。この尻の良い男の腰を振らせたいと考えました」

2回も言わなくてよいだろう、と。

完全な被害者であるファウストは、少し引いていました。

「この戦争さえ終われば、公爵家の全権力を以《もっ》てして、そのように動くつもりです。そのような想《おも》いを抱いている私に対し、不用意に抱き着いてきたファウスト側も不用意であり、ここは尻ひともみ銀貨30枚の男として誇りを抱いて、今後は私の愛人として生きて頂くのが誰にとっても幸福であると思います」

尻もみの好きな公爵さんはファウストの尻に、贖罪主と同じ価値を認めました。

そのような宣言であり、もう謝罪文でもなんでもありません。

「以上！　ゲオルギーネ・フォン・アスターテ！」

言い終えたと同時に、横合いから思い切り殴られました。

アナスタシアが我慢の限界に達したのです。

「お前もう死ね！」

アンハルト王族にして第一王女アナスタシアの叫びが、虚《むな》しく響きます。
結局、尻もみの好きな公爵さんは最後の最後まで、ちゃんと謝りませんでした。
だが、もう皆が皆、どうしようもないなと、諦めを抱きました。
ここまで酷《ひど》いと逆に凄《すご》いなと、その場の誰もが思ったのです。
みんなはすっかり感服しました。

外伝 ヴァリエールIF グッドエンド

きっかけは、些細《ささい》な事であったように思える。

正調なる楽曲の拍子が崩れてしまったようにして、蝶《ちょう》の羽ばたきが竜巻を巻き起こしたようにして、何か未来が変わってしまったようにすら思える。

おそらく、あの時であるのだ。

ヴァリエール様の初陣にて、死傷者を抱えた王都への帰り道にて、私は野花の群生地を見つけて少しばかり花を摘んだ。

素朴な、どうという事もない、一輪では一銅貨にすら満たぬカミツレの野花であった。

大きな手指でそれをチマチマと指で摘んで、ささやかに咲く花々に申し訳ない気分になりながらも。

私は林檎《りんご》の芳香にも似たその野花を、あの親衛隊としての役目を立派に果たしたソバカス顔をした女性の素朴な棺桶《かんおけ》に、丁寧に捧《ささ》げたのだ。

そしてザビーネ殿に声をかけ、再びヴァリエール様の傍《そば》に身を置いた瞬間。

その時、ヴァリエール様の声が聞こえたのだ。

小さく、それこそ私の超人たる聴覚でしか聞き取れないほどであったが。

「有難う」

と、何か全てに対して感謝を示すような声色。

私の行為を酷く尊いものであるかのように認め、悲しげな笑みを浮かべては、礼を言うヴァリエール様の顔が印象に残った。

おそらく、そのように、本当に些細な事で。

きっかけは、そのように些細な事で、蝶の羽ばたきで竜巻が起こってしまったのだ。

あの悲しげな笑みに対し、私の心は「ときめいて」しまった。

だから、世の中はひっくり返ったのだ。

私はそんな事を、全くもって戯《たわ》けた事を、予想した事もないのに眼前に起きた現実に対して考えている。

一人の女性が、乳飲み子を抱えている。

背は低く140㎝に満たない女性だ。

短軀《たんく》と言っていいほどに小柄であり、彼女の姉や母などと比べると未発達にもほどがあると言うほどに胸も薄い。

しかし他の肉付きは妙に良く、苦労を知らない子供の肌と言ってよいほどのものであった。

もはや20歳を超えるのにだ。

というか、私に言わせてもらえればだが。

もう14歳の頃から何ひとつ成長していない。

人間としては随分とまあ成長されたとは思うのだが、乳も尻も貧相であり、悲しいくらいに少女体型であった。

私の女性の好み――爆乳で大柄なそれとは、真逆の少女体型である。

あのリーゼンロッテ先女王陛下の娘であり、アナスタシア現女王陛下の妹であるのだから、もう少しなんとかならんかったのかと、愚痴を言いたい。

血族の影響は、美しい赤毛以外に何も見いだせなかった。

「ハンナは今日もご機嫌ね」

子を産んだと言うのに、私の目の前にいる女性――私の妻にして元アンハルト第二王女殿下ヴァリエールの容姿は、何一つ変わらなかったのだ。

彼女を見て、経産婦だと思う人間は一人もおらぬだろう。

乳飲み子をあやす姿を見ながらに、そんな事を考える。

再度言うが、人間としては随分変わった。

6年前の初陣から、王家の仕事をリーゼンロッテ女王陛下から一部任されるようになり、何事にも張り切って取り組むようになられたのだ。

軍役と代替わり以外では王都に顔すら見せようとしない、頑固な領主騎士相手に出向いたり。

数十名相手の山賊相手にした小競り合い、領主騎士間の領土問題における調停、そういった小規模な問題を解決するために、このファウストもよく動員されたものだ。

「ハンナはいつでも機嫌が良い」

長女であるハンナに対し、私は優しく見守っている。

頭を撫《な》でようとはしない。

ハンナは、ヴァリエールの初陣にして戦死した彼女と同じ名前を持つ私の長女は、剣ダコや槍《やり》ダコでごつごつとした肉厚の手があまり好きでないようなのだ。

撫でると、むずかる。

諦めて、過去を引き続き懐かしむ事にする。

悪くなかった。

私はヴァリエール様の事が決して嫌いではなかったし、ちゃんと王家から特別な手当も支払われていたので、彼女が初陣以後に第二王女殿下としての政治力を発揮しつつあったのは、何一つ悪くなかった。

いつの間にやら他領の領主騎士なども動員に参加するようになっていったので、少しながら貴族の戦友も増えていった。

アンハルト王国内における私の立場も、徐々に改善されていったのだ。

だから、このファウストとしては、小さなポリドロ領という私にとってかけがえのないものを守っていくうえで、ヴァリエール様との関係は何も悪くなかった。

だが、それとて終わりがある事は理解していた。

いつまでもそんな事をやってられないのである。

「そろそろ結婚したいんですが」

このファウスト、ヴァリエール様の初陣から2年世話をし、24歳になった時の愚痴である。

そもそも、私が王都に出て貴族関係など構築しているのは、別に王家やヴァリエール様にこき使われるためではないのだ。

嫁だ。

嫁取りである。

ヴァリエール様が政治力を行使できるようになったならば、私の子供を産んでくれる嫁の手配ぐらいしてもよいではないか。

できれば美人さんが良かった。

そして、モデル体型の長身女性が良かった。

更に我儘《わがまま》を言えば、巨乳が良いのだ。

もっと我儘を言えば爆乳が良かった。

本音を言ってしまえば、私は太腿《ふともも》がぶっとい女、加えてとにかく乳がでかい女が好きなのだ。

要するにお前と全く違う女がいいな、などとはおくびにも出さずに私はヴァリエール様に訴えた。

私の好みと正反対の容姿である、ヴァリエール様（貧乳短軀ロリータ当時16歳）は答えた。

「そうね、そろそろいいわよね」

「はあ」

やっと対応してくれるのか。

私はため息をつきながらに、どうにか溜《た》め込んだ政治力を私の嫁取りに行使してくれるヴァリエール様に感謝の念を浮かべ。

「私と結婚しましょう、ファウスト。第二王位継承権を放棄して、貴方《あなた》の領地に行くわ。親衛隊の子たちもちゃんと昇位してきたし。ザビーネも世襲騎士になった事だから、この先皆も安心でしょう」

なんか変な事を言い出した。

なに言ってんだこいつ。

あの時は、確かにそう考えた。

「え、いや……」

嫌です。

その時は思わず本音を呟《つぶや》こうとして。

何故《なぜ》か、その言葉が出なかった。

あれ、私本当に嫌か？

確かに目の前のロリータは全く以て性癖にかすりもしない哀れな存在であると思ってい

た。

なんなら女性とすら看做《みな》していなかった。

その価値は感じられなかったのだ。

だが、ヴァリエール様という人間には好感を抱いていた。

ヴァリエール様が14歳の時から積み重ねてきた、人間としての好感であった。

「姉さまとね、約束をしたの。第二王女親衛隊は私が居なくなった後もちゃんと仕事を与えるし、日陰に追いやらない事も約束する。姉さまはこれから女王陛下になるし、スペアとしての私の役目はもう終わり。だから、今後の行先を考えないといけない。ファウストの嫁に行き、私がヴァリエール・フォン・ポリドロという領主騎士として生きていくというなら、それを止める気はないって」

なに勝手な事決めてんだよ王家。

私は領主騎士として何一つ了承していなかった。

「無論、ヴァリエールを娶《めと》る事になるファウストに、ポリドロ領にも金と資材の支援を約束をする。もちろん、だからと言って領地経営に口を挟むような事はしない。これは王家からの仕送りを単に受け取ると考えてよいって。だからファウストにはアナスタシアがこのような優しい女性である事を重々理解して欲しいって」

だが、魅力的な条件であった。

領地経営に影響を与えず、支援だけくれるというなら歓迎すべきであった。

そして何か一部変な台詞《せりふ》が交ざっていた。

アナスタシア様の事は人肉食ってそうだから、当時はおっかない女性だと思っていた。

今では全然違う性格してる事を知ったが。

「私じゃ嫌、ファウスト？」

少し、考える。

正直、私の性癖に全く持ってマッチしていないという点を除けば好条件なのだ。

継承権を放棄したとはいえ、王家の血がポリドロ家に混ざる事になる。

高貴な血には貴族社会で価値があるのだ。

ヴァリエール様自信も頼りない初陣の頃とは違い、今の彼女は高等教育を受け実戦経験も積んだ女性である。

初陣から2年も経《た》てば色々な貴族に顔が通じており、社交においては明確に私より上だった。

領主騎士としての総合値を考えれば、もはや私より有能なのだ。

私が戦場で働き、ヴァリエール様が領地を経営する。

二人で働ければ、領地はより発展するだろう。

それは明確なのだ。

「……」

少し、考える。

なれど、結論は出ていたのだ。

ヴァリエール様の手が、臆病な猫のように震えているのが目に映っている。

嗚呼《ああ》、駄目だ。

それだけで、もう駄目なんだ。

私はこの人を、ヴァリエールという一人の少女を結局好きなのだろう。

嫌いではない、性癖と違う、貧乳ロリータなんぞ私は好きではない。

そのような事を頭の中で何度も呟いては、誤魔化そうとしている。

なれど、自分を最後まで騙《だま》しきる事はできないのだ。

昔と違えど、根は臆病である彼女がどれほどの勇気を振り絞って、告白を口にしたのか。

それを考えれば、もう何の言い訳もできない。

「ヴァリエール様、いえ、ヴァリエールと呼ばせて頂きます」

「なに、ファウスト」

結局、私はこの少女を何があろうと見捨てる事ができないのだ。

死ねと言われれば死んでしまうだろうし。

彼女が苦境に陥れば、火の中でも水の中でも飛び込んでしまうであろう。

それが千剣居並ぶ敵兵の中でも、それこそ地獄の沼地でも構わなかった。

そのような事をしてしまうならば、もうずっと傍《そば》において居たかった。

それこそ、墓の中まで。

「私、ファウスト・フォン・ポリドロと結婚して頂けないでしょうか？　貴女《あなた》の傍で生きていきたい。墓まで一緒に眠る事で、永遠を過ごしたいのです」

そう思えたならば、女性に告白などさせてないで、こちらからお願いするべきであった。

この貞操逆転世界においても譲れぬ、私の誉れである。

ヴァリエールは私の告白を受け入れ、二人は結婚する事になったのだ。

そうして、もう4年が経つ。

ヴァリエールという妻を迎える事ができた。

ポリドロ家の後継者であり、私の血を受け継ぐハンナが産まれた。

領地経営は順調であり、今も黄金の麦畑が輝いている。

私は幸福で満ちている。

満ちているはずなんだ。

だがひとつ。

たったひとつだけ、言わせてくれ。

「卑怯《ひきょう》未練なのだろうが」

確かに私はヴァリエールの事を妻として愛しているし、墓の中まで永遠に過ごすパートナーだと認めている。

だが、貧乳ロリータなのだ。

それはそれとして、貧乳ロリータなのだ。

私は太腿が太くて、オッパイの大きい女性が好きなのだ。

この性癖だけは治らぬ。

何度でも言うが、私は幸福で満ちている。

それは認めよう。

だが、私は神の恩寵《おんちょう》を受けたかった。

オッパイ神の恩寵を受けたかったのだ。

「ファウスト、ところで聞きたい事があるだけど」

ヴァリエールが、思い出したように口を開く。

私は懊悩《おうのう》しながら答えた。

「何か？」

「最近できた姉さまとアスターテ公爵の子供って、どこかファウストに似てない？」

そりゃ似てるよ。

本当に私の子供なんだから。

思わず告白しそうになるが、その必要すらなく、この問いがあった時点でバレている。

ヴァリエールは、この件に関しては別に怒らない事を知っている。

結局のところ、この男の数が少ない世界では、一人の男を多数の女性が共有する事は珍しくない。

正妻の許可さえあれば、別に不貞にはならないのだ。

「私、あの二人にはちゃんとファウストに手を出すなって言っといたんだけど。いや、力関係的に無理なのは知ってるんだけど。ちゃんと抵抗くらいはしてくれたのよね？」

すでに、ヴァリエールも状況は判《わか》っているだろう。

私は王都にて軍役に出向いた際、ヴァリエールが愛《いと》しい領地を守っている間に、二人の寝室に招かれて手を出された。

どうしても断れなかったのだ。

というか、私という乳に飢えた男が断れるわけもなかった。

『ずっとお前が好きだった。今まで遠回りしすぎていた。もはや建前などいらぬ！　私たちに抱かれろ!!』

そのように美乳と爆乳の美女二人に迫られて、断れるならもう私ではなかった。

もう力関係とか脳からすっぽり抜けてしまった。

理解いただきたいのだ。

そのような事を口にする。

「いや、あの二人がファウストの事好きだったのは知ってるから、まあ……それはギリギリ良いとして、なんかザビーネからも子供ができたって手紙届いたんだけど。いや、それ自体は凄《すご》く喜ばしい事だけど。一応聞くけど、なんであの子の娘がマリアンヌなんて名前つける事になってんの？　先代ポリドロ卿《きょう》の名前よね？　ここまでされたら私も状況判るわよ？」

我が母の名前を、私との子供にザビーネはつけた。

これもどうしようもなかったというか、あの金髪ロケットオッパイが悪いというか、そりゃロケットオッパイには負けると言いたいのだ。

オッパイ神が信仰厚き私に恩寵を与えるために、私を天から見下ろしていたのだ。

私は悪くないのだ。

寝室に引きずり込まれ『ねえ、ヴァリエール様を少しだけ裏切っちゃわない？　きっと許してくれるよ』などと囁《ささや》かれたらどうしようもなかったのだ。

二人ともヴァリエールへの背徳感で頭が狂いそうになってしまったのだ。

お互い、人生で一番性的に興奮した。

これはもうどうしようもなく悪くなかった。

そのような事を口にする。

「殴っていいよね？　いや、本当に殴っていいわよね？　今ザビーネは妊婦さんなので殴れないから、ファウストをしこたまぶん殴るけど許されるわよね!!」

「すいません、殴ってください」

確かに悪かった。

とどのつまり、卑怯未練は宜《よろ》しくないのだ。

全てを明らかにし、あの3人の子が私と血が繋《つな》がっている事を公に認めて、特にザビーネの件に関しては彼女の分も私が謝ろう。

大人しくヴァリエールにぶん殴られよう。

しこたまぶん殴られようと思うのだ。

「ただ、その前に一つだけ言わせてくれ、ヴァリエール」

「なによ！」

ヴァリエールは従士長であるヘルガを呼びつけ、まだ乳飲み子であるハンナを任せた。

そしてこちらに向き直り、私の顔を睨《にら》みつける。

私はどう見ても短軀《たんく》貧乳ロリータであり、14歳の頃から何一つ成長しようとしてくれない我が愛妻に向けて言葉を放った。

「それでもヴァリエールの事を愛しているのは本当なんだ」

「それだけは信じているわ。一緒の墓に入って、永遠を過ごしてあげる」

ヴァリエールは、怒っているような、笑っているような。

複雑な表情で、それだけは認めてくれた後に。

「それはそれとして殴る」

「うん、そうですね」

私をひたすらに殴り続ける作業に入った。

あとがき

まずは本書を購読してくださった読者様におかれましては、厚く御礼を申し上げます。

昔から応援くださっている方は御存じでしょうが、本作品はＷｅｂ版から発進して書籍化となった作品でありまして、そもそも本になる事はもちろん人気が出る事すら作者自身が夢にも思っておらずに、完全に趣味と性癖からノープロットで書いた作品となります。

もちろん本を出すのも初めてとなりますので、右も左もわからずに混乱する中で根気よく付き合ってくださった担当編集様、出版広告にあたって携わってくださった出版社の方々、そして多分断られるだろうなと思って依頼したにもかかわらず、快くイラストを引き受けてくださいました「めろん22」先生に深い感謝をこの場で述べさせていただきます。

本当に有難うございます。

さて、本書には詰め込めるだけ詰め込んだので、あとがきは１Ｐとなります。

御礼を言うだけで終わってしまいましたが、本書が出る時点でのＷｅｂ版は大いに物語が先行しておりますので、気になった方はどうか御読みください。

もし幸いにも本書が次に続く機会がありましたら、Ｗｅｂ版から大いに加筆修正されましたファウスト・フォン・ポリドロ卿《きょう》の騎士人生に付き合っていただけますようお願い申し上げる所存です。

よろしくお願いします。

貞操逆転世界の童貞辺境領主騎士　1

発　　行	2022 年 8 月 25 日　初版第一刷発行
	2024 年 2 月 1 日　　　第三刷発行
著　　者	道造
発 行 者	永田勝治
発 行 所	株式会社オーバーラップ
	〒141-0031　東京都品川区西五反田 8-1-5
校正・DTP	株式会社鷗来堂
印刷・製本	大日本印刷株式会社

©2022 Mitizou
Printed in Japan　ISBN 978-4-8240-0266-2 C0193

※本書の内容を無断で複製・複写・放送・データ配信などをすることは、固くお断り致します。
※乱丁本・落丁本はお取り替え致します。下記カスタマーサポートセンターまでご連絡ください。
※定価はカバーに表示してあります。
オーバーラップ　カスタマーサポート
電話：03-6219-0850 ／ 受付時間 10:00〜18:00（土日祝日をのぞく）

作品のご感想、ファンレターをお待ちしています

あて先：〒141-0031　東京都品川区西五反田 8-1-5 五反田光和ビル４階　オーバーラップ文庫編集部
「道造」先生係／「めろん22」先生係

PC、スマホからWEBアンケートに答えてゲット!

★この書籍で使用しているイラストの『無料壁紙』

★さらに図書カード（1000円分）を毎月10名に抽選でプレゼント!

▶https://over-lap.co.jp/824002662
二次元バーコードまたはURLより本書へのアンケートにご協力ください。
オーバーラップ文庫公式HPのトップページからもアクセスいただけます。
※スマートフォンと PC からのアクセスにのみ対応しております。
※サイトへのアクセスや登録に発生する通信費等はご負担ください。
※中学生以下の方は保護者の方の了承を得てから回答してください。